စိတ်ချမ်းသာ ကိုယ်ကျန်းမာပါစေ . . .

မှူးပြည့်ဝ

願快樂、健康、富足。

努努伊·茵瓦

浮羅人文

高嘉謙｜主編

ပြုံး၍လည်းကန်တော့ခံတော်မူပါ ရယ်၍လည်းကန်တော့ခံတော်မူပါ

神婆的歡喜生活

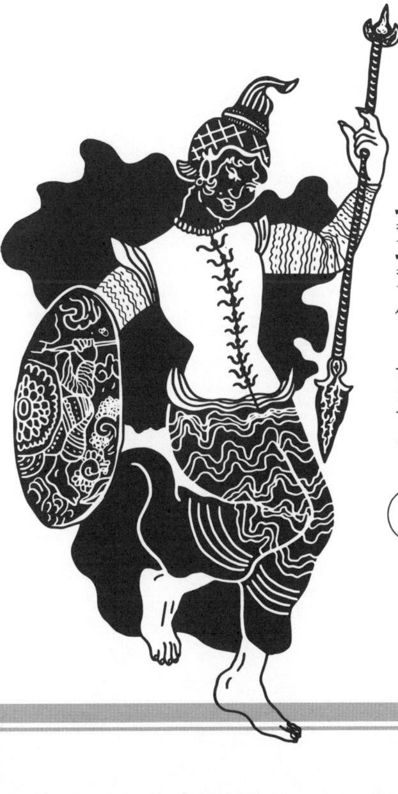

努努伊・茵瓦 著

罕麗姝 譯

「浮羅人文書系」編輯前言

高嘉謙

島嶼，相對於大陸是邊緣或邊陲，這是地理學視野下的認知。但從人文地理和地緣政治而言，島嶼自然可以是中心，一個帶有意義的「地方」（place），或現象學意義上的「場所」（site），展示其存在位置及主體性。從島嶼往外跨足，由近海到遠洋，面向淺灘、海灣、海峽，或礁島、群島、半島，點與點的鏈接，帶我們跨入廣袤和不同的海陸區域、季風地帶。而回看島嶼方位，我們試著探問一種攸關存在、感知、生活的立足點和視點，一種從島嶼外延的追尋。

臺灣孤懸中國大陸南方海角一隅，北邊有琉球、日本，南方則是菲律賓群島。臺灣有漢人與漢文化的播遷、繼承與新創，然而同時作為南島文化圈的一環，臺灣可辨識存在過的南島語就有二十八種之多，在語言學和人類學家眼中，臺灣甚至是南島語族的原鄉。這說明自古早時期，臺灣島的外延意義，不始於大航海時代荷蘭和西班牙的短暫占領，以及明鄭時期接軌日本、中國和東南亞的海上貿易圈，而有更早南島語族的跨海遷徙。這是一種移動的世界觀，在模糊的疆界和邊域裡遷徙、游移。檢視歷史的縱深，自我觀照，探索外邊的文化與知識創造，形塑了值得我們重新省思的島嶼精神。

在南島語系裡，馬來—玻里尼西亞語族（Proto-Malayo-Polynesian）稱呼島嶼有一組相近的名稱。馬來語稱 pulau，印尼爪哇的巽他族（Sundanese）稱 pulo，菲律賓呂宋島使用的他加祿語（Tagalog）也稱 pulo，菲律賓的伊洛卡諾語（Ilocano）則稱 puro。這些詞彙都可以音譯為中文的「浮羅」一詞。換言之，浮羅人文，等同於島嶼人文，補上了一個南島視點。

以浮羅人文為書系命名，其實另有島鏈，或島線的涵義。在冷戰期間的島鏈（island chain）有其戰略意義，目的在於圍堵或防衛，封鎖社會主義政治和思潮的擴張。諸如屬於第一島鏈的臺灣，就在冷戰氛圍裡接受了美援文化。但從文化意義而言，島鏈作為一種跨海域的島嶼連結，也啟動了地緣知識、區域研究、地方風土的知識體系的建構。在這層意義上，浮羅人文的積極意義，正是從島嶼走向他方，展開知識的連結與播遷。

本書系強調知識的起點應具有海洋視角，從陸地往離岸的遠海，在海洋之間尋找支點，接連另一片陸地，重新扎根再遷徙，走出一個文化與文明世界。這類似早期南島文化的播遷，從島嶼出發，沿航路移動，文化循線交融與生根，視野超越陸地疆界，跨海和越境締造知識的新視野。

高嘉謙，國立臺灣大學中國文學系副教授，著有《遺民、疆界與現代性：漢詩的南方離散與抒情（一八九五—一九四五）》、《國族與歷史的隱喻：近現代武俠傳奇的精神史考察（一八九五—一九四九）》、《馬華文學批評大系：高嘉謙》等。

推薦序

當缺損的制度成為事實，變形就是義務

文／吳曉樂（作家）

——讀《神婆的歡喜生活》，方知緬甸信仰人口在佛教之外，還有一繁麗大千世界。

納（Nat），又稱緬甸神靈，在緬甸人生活裡扮演要角，當崩神靈節更是緬甸人最熱衷的祭祀活動之一。接連數天的儀式，有人尋求慰藉，有人為了商機，也有人貪圖熱鬧。宗教信仰往往是明鏡，鑑映一方水土，透過每個人對神靈低訴的話語，讀者聽見緬甸人民毫不遮掩的心聲。筆鋒一轉，故事的重頭戲——神婆黛西珍粉墨登場，她開宗明義，「神婆的生活，就是不停地繞著地獄這口大鍋的邊緣進行奔跑的生活」，頭銜鑲嵌了神，卻離地獄和業障更近，黛西珍三分張揚七分嬌嗔，娓娓道來「與神同行」的過程，節奏輕快，內容穠麗juicy，很容易讓讀者一晃神就錯過了話語底下隱藉的暗傷：有些人沒有辦法以自己本有的面貌活下去。

在緬甸，跨性別者唯有成為了美容師、時裝設計師或神婆，才能受到社會待見。人們渴望透過黛西珍去討神的歡心，黛西珍透過神成全了自己。神靈節上，性別界線糊散，神婆們如撲簌迷離的兔子，跟警察玩著捉迷藏，而當多數神婆都被抓入拘留所，黛西珍也為了和姐妹作伴，趕緊自投羅網，由此可知神婆們所追求者，無非歸屬二字。黛西珍個性爽辣，若有人喊她娘子，就甜嚷一句相公，但若被稱為人妖，也不跟人家祖宗十八代問好。緬甸以「煎人炒人」代指靈媒如何把人矇得暈頭轉向。黛西珍懂煎懂炒又懂撩，在信眾面前指點江山，卻在愛情摔了大跤。養男人是神婆的傳統，她們是坐在金山銀山等愛的孤兒。身為靈媒，一邊是人的悲喜一邊是神的旨意，黛西珍深諳萬般皆是命；身為偽娘，一半女兒命一半男兒體，黛西珍哀於半點不由人。我屢屢翻憶起作家林佑軒在二〇二一年以跨性別者為主題的〈女兒命〉拿下聯合報文學獎小說組首獎，得獎感言其中一句長存我心，「願天下父母，若孩子氣質、傾向、認同異於凡人，須知那孩子不是妖孽怪殘體，而是珠淚下凡身。」

努努伊．茵瓦清楚交代神靈節的經濟模式，自神祠供品到支付給伴奏樂團的辛苦費，劃分井然有序，翔實還原緬甸民生風景；神婆風格各異，江山代有人出，也象徵社會風氣嬗遞，宗教與民間相互形塑彼此身影。努努伊甚至借神婆之口，幽幽分說宗教如何被政權所用，成了精神鴉片，人民飲鴆止渴，活得不知憂患。後續故事著力於黛西珍與小丈夫、班紐的糾葛，黛西珍以五百緬幣從貧困婦女手上買下敏敏，兩人年紀間隔三十歲，跟著黛西珍吃好穿美的敏敏，成年以後愛上了歌唱乞討的小女孩班紐。性別與階級，新愁與舊恨，反覆交織，血性勃發，我一度懷疑努努伊預言了緬甸這十幾年來的國勢。後續四篇短篇小說各有看頭，其中〈我是小老虎〉，一名年幼的孩子陰錯陽差地參與了神婆的工作，收穫了豐富的酬勞與吃食，小孩因而讚道，「要我當什麼我就會當什麼。我什麼都會當的，我再也不會覺得丟人了」，此一場景是貫穿全書的隱喻：當缺損的制度成為事實，變形就是義務。

緬甸原先是富饒之地，自一九六〇年軍人干政，打亂民生秩序，更引來國際制裁，緬甸人民承受著每況愈下的生活。書中，努努伊以信眾跟神婆的碎語，暗渡緬甸物價飛漲，人民收入停滯不前的浩劫。人事無籌，只能盡信天命，願望不可勝數，更讓人洞然苦海無涯。一九八八年軍政府上台，以鞏固政局為重，欠缺經濟管理的視野，人民承受著紛亂的政策與法規，更被嚴重的貪污腐敗給拖垮，一九九〇年議會選舉，翁山蘇姬領導的全國民主聯盟拿下多數，軍方卻罔視選舉結果，並軟禁了翁山蘇姬軟禁。此書成於一九九四年，努努依專注描繪底層人民的生活，刻寫社會不公，她的作品長期受到軍政府的嚴格審查與控管。二〇一一年，民主改革風雲再起，國際紛紛捎去祝福與援助，萬物乍看有了生機，可惜二〇二一年初，翁山蘇姬與軍方談判破裂，全球為了Covid-19而人心惶惶，緬甸人民同時也籠罩在獨裁陰霾，他們發動了一系列公民不服從運動，許多民眾在鎮壓中喪失了性命。此時此刻，烽火仍未有一瞬消停，《神婆的歡喜生活》是朵怒放的自由之花：有人以寫作進行反抗，願我們還之以注目。

作者序（臺灣版獨家收錄）

當我坐在書桌前準備撰寫這篇序言時，透過玻璃窗戶，我看到的是下著濛濛細小的雨滴。西曆七月正是我們緬甸的雨季。

啊，不久之後，就是我的小說《神婆的歡喜生活》中的黛西珍、敏敏、班紐他們曾經歡度過的當崩廟會舉辦的時節了啊。我的鼻子裡似乎瀰漫起神花（天星茉莉花）的香氣。

在我第一次抵達當崩廟會，吸引我想要寫下這篇小說的事物中，就包含這種神花（天星茉莉花）的香氣。然後，是一聽到就令人血液沸騰、興奮得想要跳躍舞動的神鼓聲。接著是那些神鼓聲中的神婆們、信徒們的各種生活姿態；是依賴這個廟會謀生的各路人馬的生活樣貌——特別是在這個廟會裡最常見的偽娘們的各種生活習性。

正是這些東西吸引我寫下這篇小說。因為迷信往往會發展為信仰，信仰又往往會轉變成文化，所以在我看來，當崩廟會這一信仰，也是我們緬甸的文化之一。我希望讀者們也能夠和我一樣產生相同的感受和體會。

另外，現在這個時刻，正是我們所有地球人都在深感恐懼、都在面臨新冠疫情的時刻不是嗎？

在意識到此事的剎那，我立刻向小說中的兩位當崩神靈合十雙手進行祈禱，希望地球上的所有人都能夠遠離疫情，也希望我們所有緬甸人都能遠離疾病和戰亂所帶來的災難。

努努依・茵瓦

二〇二一年七月十日

目次

神婆的歡喜生活

第一受禮日

哇高月[1]初八日

每到廟會開始的時候，當崩小路一帶就到處水濛濛的，讓人的心情也隨之憂傷不已。從曼德勒往馬德亞的公路岔出來的當崩小路上，形形色色的車輛排成的車隊，已經開始慢慢變長。

吹拂在小路上的哇梭[2]、哇高風，十分張狂激動。興奮的哇梭、哇高風，使得水位也跟著上漲。小路兩旁的溝壑之中，黃褐色的水流溢滿了四處。影影綽綽的水景、雨景和廟會景象，讓路人們的心情也變得激動、興奮和輕鬆。

小路上，既聽得到年輕人在客運公車車頂上興奮的吼叫聲，也聽得到坐在擁擠車廂中大小婦女們的虔誠祈禱聲。

舒舒服服坐在自家小轎車中的大小婦女們，更是朝著神祠大概所在的方向，合十著雙手喃喃祝禱。

道路的左右，孩子排成兩排長長的隊伍，彷彿在迎接著車隊。

他們各個都有著長期承受日曬的黑色皮膚。

各個都穿著一身黑漆漆的髒衣服。

他們各自用不同的沙啞聲音，不停叫喊著：「請撒點錢吧。」

他們用滿懷期盼的小臉，看著車上的人們。

他們圓睜著眼睛，用絕不會放過任何一張從車上飛落下來的紙鈔的眼神，盼望著。一旦有紙鈔從車上落下，他們便會一窩蜂地圍上去爭奪。

到了這種時候，灰塵就會覆蓋整條小路，車輛踩煞車的聲音以及人們因受驚而大喊的聲音，也會跟著響起。

緊握著皺成一團的鈔票，差一點點就滾到車輪下面的一些孩子們，則彷彿人沒事

1 緬曆五月，約在西曆七月中旬至八月中旬左右。

2 緬曆四月，約在西曆六月中旬至七月中旬左右。

一般呵呵地笑著。然而他們身上卻有著不少擦傷，眼神也還處於驚嚇之中。

還有幾個大人，也跟著孩子們一起叫喊著要錢。他們是一些醉漢，以及一群剛從路邊的田裡來到公路上的婦女們。

醉漢們伸出兩根食指，閉著眼睛在路中間搖晃著身體攔車。婦女們則將他們的披肩連成一條長繩來攔截。車子一旦減速，他們便使勁地拍起手來舞蹈，並同時高喊：「請撒點錢吧。」

直到當崩小路已經走完，長長的孩子隊伍都還見不到盡頭。

小路的盡頭是當崩村，有舉辦廟會的大廣場。

然而前來參加廟會的人潮以及前來擺攤的商販覆蓋了整個村子，當崩小村也成為了廟會廣場。

從小路一點點開進村子裡的車隊，進入了各自的停車場地。私家小轎車們開往可供停車的大院子裡，載客的公車則向寬廣的車站開了過去。

甫一下車，就能望見萬應大佛塔的傘部頂座被各類擁擠攤位所包圍，但是在各種聲音交匯嘈雜到令人覺得恐怖的情況下，人們絕對不可能聽到佛塔上悅耳動聽的風鈴之聲。

據說當初蒲甘王阿努律陀[3]在建造這座佛塔之時，王孫瑞彬吉、瑞彬雷兄弟，因為沒有盡到為佛塔捐獻兩塊磚的任務，被祖父下令處死。

被阿努律陀王處死以後，瑞彬吉、瑞彬雷兄弟的靈魂，在祖父乘坐御舫南行時，拉住了御舫，使之無法前行。兄弟倆向王進言，說他們之所以拉住御舫，是因為自己雖然一直在承擔王命，卻沒有享受過任何福利。於是王便命人在當崩地區的萬應佛塔附近，為他們建造了神祠，並以香火供奉。

萬應佛塔裡少了兩片磚塊的空缺之處被貼滿了金箔，人們爭先恐後地擠進人群中，只為了能夠拜祭此處。

當崩村中央的那條主幹道兩側，擠滿了衝著廟會前來擺攤的各式攤位。常見於廟會的米花糖、棕櫚糖蒸糕、豆沙糕等食鋪所散發出的食物香氣，混合著攤主小女生的胭脂味、口紅味和香水味，散布於四處。

處處可見許多光是讀店名就已經讓人暈頭轉向的合法酒館——「暈陶陶曼德勒瓊

3 阿努律陀（一〇一四年—一〇七七年）是緬甸蒲甘王朝的著名君主。

漿」、「大酒鬼」、「混血女郎高雅妍」、「暈乎乎」、「朦朧感受」……等等。

越過酒館，來到穿過鐵道的位置，人群把人們擠得絲毫動彈不得。火車的到來讓人們全擠在鐵門的兩側。停在突然變熱的太陽底下，人們流下來的汗水都足以匯集成一條小河。沿路跟隨在後的哇梭、哇高狂風，現下只怕都因為畏懼這些人群而跑回當崩小路上了吧。

火車緩緩駛進當崩火車站，曼德勒─馬德亞列車的車身都已經被車上的乘客們覆蓋得看不清楚，硬擠在列車頂上、軌道上、踏板上的乘客們的呼喊聲，立刻與廟會的聲音融為一體。

列車剛過，人群就順著廟會的主幹道繼續前進。奇特的是，移動的人群中，已經沒有男生會像以前那樣，呼妻喚妹地開女孩子們的玩笑了。以前但凡在人群中看到一個妙齡女郎，年輕男性們叫喊「喂，親親」的聲音便會響徹整個廟會。

「親愛的，我可是在這等你很久了，別那麼生分嘛。」

「別嘟著一張嘴啊親愛的，不漂亮，笑一個嘛，親親。」

「親愛的，相公來了，因為相公遲到所以在生氣嗎？別板著一張臉啦，相公會不自在嘛，親。」

少女們笑也不是，生氣也不是。一些腦袋稍微靈活、鬼主意多的「聰明人」，還會把一個洋娃娃送到少女們面前，說：「呀，你把孩子丟著跑來這邊開心喔，喏，你的孩子。」少女們的父母和兄長，他們也不會放過。呼叫「岳父」、「大舅子」的聲音此起彼落。如同詞曲家謬瑪能那首著名的〈當崩〉所唱：「啊，後方有人在喊大舅子，妾且忍耐，且忍耐，且像往常，快步走回家，孩子們都已在哭泣」。一直以來，少女們對此習俗都不能生氣，只能忍耐。如今，這個習俗似乎已經失傳了。在那個少男和少女很難有機會交往、很難有眼神交會的年代，大家所熱衷的口頭玩笑，這時代似乎已經沒有人熱衷了。只有一些經歷過當崩廟會過往盛況的老頑童們，還在傻呼呼地開著這樣的玩笑。

成衣店裡那些相互較勁的迎客聲和推銷物品的聲音，常會讓人走錯腳步。珠光寶氣燦爛輝煌的鍍金飾品店裡人頭攢動，讓人擠都擠不進去。

按照過去的習慣，每個前來參加廟會的人，都要買一些項鍊、手鐲、耳環、戒指回去當作伴手禮。除了當伴手禮以外，人們在逛廟會時，也喜歡戴上這些飾品來妝點自己。一條項鍊五塊，一雙手鐲四塊，一對耳環五塊，你就盡情買吧，盡情買吧。

如同這些假的金銀飾品，人群中最常見到，還有那些假的少女。無論看向廟會的哪一個角落，你都可以看到那些個穿著打扮和一個真正的女人無異的偽娘們。

從美食街傳來鋪天蓋地聲響，播放錄音帶的聲音，已經無法稱之為音樂了。店家們都在相互比賽似的，開著超大的音響迎接食客。

穿過美食街，就可以看到一連串各個神婆們的神壇排成一排，還可以看到賣椰子、芭蕉以及已經配好椰子和芭蕉等祭祀物品的「甘朵布耶」供品商店。[4] 賣頭巾的店面，也販售著各個尺寸的包頭巾。

狹長型的神壇棚子，均被努力裝飾得光鮮亮潔。昏黃的燈光底下，金燦燦的神像似乎就要活了起來。神像前供奉著大量的水果、鮮花、糕餅、啤酒、萊姆酒、百事可樂、七喜汽水等等各類「嗄多沙」[5] 供品。打扮得漂漂亮亮的神婆，撥弄著放在鋪滿天鵝絨的小高檯上的幾顆瑪瑙貝，為貝殼占卜做著準備。

看，那邊，人們推搡著前往的兩位當崩神靈的金色神祠，已經看得見了。

在喧鬧嘈雜的各路聲響之中，神祠卻顯得如此莊嚴而安靜。

令所有走近神祠的人都為之心頭一動的香味，不是別的，正是天星茉莉的香氣。在此季節開花的天星茉莉，有著能夠使人心情愉悅的獨特香氣。

神祠的周圍環繞著各種花店，伴隨著天星茉莉、蒲桃、玫瑰、班紐[6]、野薑花等香味，賣花人的聲音也散布在整個神祠的四周。

人們在花店買了一些有各種花朵的花束，花束的上頭還恭恭敬敬地繞上一條頭巾。

來拜兩位神靈吧。今天是受禮的第一天，兩位神靈開始接受祭拜的日子。人們紛紛脫下自己的鞋子。

人們的腳掌，沉入到神祠前一個濕漉漉的泥坑之中。坑中的這些水，是從神祠另一入口處的老虎雕像那裡流過來的。作為兩位神靈的坐騎，人們正在餵那老虎雕像喝著水呢。

按照慣例，人們要向神靈的坐騎投餵飲水和食物。神祠外面有專門販售這些飲水和食物的商店。

---

4 「甘朵布耶」是緬甸人祭祀神靈的供品，基本內容有芭蕉、椰子、香燭等，一般放置於大圓盤或盆內進行祭祀。

5 緬甸人將祭祀神靈的食品統稱為「嗄多沙」。

6 緬甸人用來祭祀當崩神靈的某種常綠觀葉植物。

為了能夠近距離祭拜兩位神靈的神像，來到神祠的人們都在你推我搡地往前擠進。

神祠裡的神座之上，穿戴著全套宮廷禮服的瑞彬吉、瑞彬雷兩位王子的神像，莊嚴地俯視著眾生。

戴著頭巾、耳飾、手鐲等全套飾品的神像，以右膝撐起，左膝落地，右手扛刀，左手支於大腿之上的姿勢，端坐在鑲滿水鑽的神座之上。兩尊神像的相貌和裝飾雖然一樣，但瑞彬雷小王子的神像，在尺寸上要比他哥哥的神像小上一些。

在神座的兩旁，神祠管事家族的人們不停地接受著人們獻給神靈配戴的頭巾和花束，同時又要把此前已經獻過的供花拿下來分給群眾，每個人的雙手幾乎一刻都得不到空閒。

拿不到神靈配戴過的供花，前來的信眾們誰也不肯回去。這個供花，可是一整年都要放在身邊的。它可以保佑人逢凶化吉、財源廣進、萬事如意。

尤其是在神靈開始接受祭拜的頭一個受禮日就來供奉的人，神靈會因為更加滿意，心情更加歡喜，而對他更加保庇。

人們一個挨著一個地跪坐在神祠的地面上。

他們把拿到手的供花持好，雙手在胸前合十之後，以五體投地之姿，恭恭敬敬地行起了跪拜禮。

第二受禮日

哇高月初九日

「啟稟尊神，今日良辰吉日，奴婢已經到前伺候了，尊神。還請尊神賞賜榮華富貴，時時保佑，時時庇護。奴婢年年不斷到此前來祭拜兩位，請保佑，請庇護奴婢及家人。從兒子女兒、孫子孫女到玄子玄孫，都請尊神保佑，並請尊神賜予榮耀，賜予財富。」

正在喃喃禱告的瑞恩奶奶，瘦小的身軀緊貼在神祠的地板上。她的兩頰已經凹陷，合十著的瘦弱雙手，也已布滿了皺紋。然而她那滿是皺紋的臉上，依舊擦滿了黃香楝木粉。雪白的髮髻旁邊，還戴著一串天星茉莉。瑞恩奶奶穿著白色的上衣，以及一條（老人家少女時代的）被摺了一整年而有了深刻摺痕的緞面暗花紗籠裙，肩上還繞著一條鏤空雕花的乳黃色絲巾。

年過八十的瑞恩奶奶，她的頭已經開始搖晃，牙齒也已經快掉光了。眼睛雖然已經模糊，但還能夠分辨得出人形。

因為已經沒有力氣擠進人群的前端，兩尊神靈的形象她看不清楚，無法膜拜了。只能憑心想像的方式膜拜的日子，都已經多少年了呢？唉……以前才不是這樣的呢。一定是要走到尊神面前，看著神像膜拜伺候的啊。要擠什麼樣的人群，都只管放馬過來。現在可不是那樣了。瑞恩小時候那些力氣，都到哪去了呢？

從前也不像現在有那麼多人。也不需要推著搡著走到王子們的神像跟前。悠悠閒閒地朝拜完，拿好供花插在頭上以後，還能夠心情放鬆地在神祠裡面坐一會兒。甚至還可以在王子們的腳下，解開家裡帶來的便當盒就地進食呢。

現在啊，也是恩神們的威望太大，引得全國的人都來祭拜了。他們對王子們的供奉那還能少？連奴婢都已經很難拿到供過兩位尊神的供花了。拿不到一朵供花，奴婢才不要回去呢。寧可留在王子您們的腳下石化。

唉，供花也真是太貴了，尊神。跟以前差好多。以前一束花才二十五分，裡面包了蒲桃、班紐，還有一串天星茉莉，那麼一大束才二十五分，現在一束要五塊了啊，尊神。只包著一點蒲桃和一點野薑花，班紐什麼的，恐怕都沒人聽過吧。都還有句詩呢，「金花含笑，香氣四盈」，真懶得說他們。

兒女們都說：「偶爾一年，就不要去神祠了吧，在家裡默想著神祠祭拜吧。媽媽年紀也大了。」奴婢告訴他們：「你們懂什麼，向尊神許過的諾，是不好食言，也不能食言的。我以前就承諾過，這一輩子，旦逢廟會時節，都要來向兩位尊神祭拜的。被神靈懲罰可是很恐怖的。那一年我因為生病躺在床上，所以沒有去祭拜，尊神就託了許多夢給我。那一整年我的身體就沒有硬朗過，一直虛弱著。不去祭拜是不行的。」

派孫子孫女跟我作伴，孩子們又不想跟連走路都顫顫巍巍的奶奶一起。算了，我自己去又會怎麼樣嗎，只要帶著一根拐杖就行。這當崩跟我們村子那麼近，孫子們送我到這個村子的地界，日落再到那裡等我。我還想去看看這村子裡那些還沒死去的老朋友、老相識們呢。

說是想見上一面，找到他們的房子對我這老太婆還是挺困難的。我年輕時候，這整個村子哪裡有什麼可是全都知道的。現在這廟會時節，我就迷路了。一整個村子到處都是神壇了啊。

以前只在這神祠周圍有幾個神壇罷了，也不是每個神婆都要搭棚子住滿七天祭神的。

祭拜完該回去的就回去了。王子您們的這個神祠也不像現在這樣，被那麼多尖頂裝飾得那麼華麗。現在村子裡那些神婆的神壇可真不少。因為神祠這邊建好，讓他們繳稅給您們租用的棚子都不夠，所以要到民居裡租地搭建了呢。

每家院子裡都滿是人和棚子。有的聽說還挖了深水井，用機器抽水供人洗澡還要收費，還收人家的房租，這也是王子您們給的財富吧。

是您們賞賜給自己的神僕村、神奴村的吧。您們的神恩真是太浩蕩了。

再來，以前像這樣初八、初九的，怎麼會熱鬧呢？只有那些村裡的住戶們，會遵循傳統來祭拜、來獻花。神婆們還乘著載有神像的牛車姍姍而來，曼德勒的火車要到初八那天才開始開到這邊呢。

曼德勒的居民們要到今天這個初九才會來的，他們習慣從曼德勒乘牛車過來。

乘牛車來的路上，他們還要在格百村和尚廟裡，在那些大榕樹底下的涼亭休息一會兒。在那裡埋鍋煮早飯，吃完早飯等天氣不那麼熱以後，才直接駛到當崩來的。

我還想念，還想念著呢。我家那個走了的老頭子達茂伯，正是替曼德勒的大老闆吳巴欽駕牛車的車夫，也是老闆的心腹。

村姑瑞恩是老闆和老闆娘親自來幫忙提親的。成完親還到這個神祠來拜過兩位尊神呢。

唉，老頭子命太短了。

瑞恩奶奶拿起拐杖，從神祠的地板努力爬起。就在她努力想要倚仗拐杖的時候，一隻強健的手臂將瑞恩奶奶扶起。哎呀，這會是誰呢？

「奶奶，要下去嗎？要不要我攙扶您過去？」

啊，是個會有福報的小子啊。就在瑞恩奶奶極為滿意的對這手腳靈敏的小夥子點頭的當下，小夥子也極為快速地展開了他的工作。他輕輕地試探了老奶奶的前襟、胸衣的全部口袋。

嘖，白費力氣。梭倫感到相當失望。用一個大別針扣著的胸衣口袋裡面，只有一些嶄新的小面額鈔票。

算了，不想要了。小面額鈔票的時代早過了啊，奶奶。拿來獻神都會讓奶奶您臉上無光呢。夾在印著包頭巾的將軍像，和印著獅子像的大面額紙鈔之間，零鈔可是很沒面子的。胸衣口袋裡面，前襟口袋裡面，像其他老太太們那樣用別針別上一點金鈕扣、珠寶鈕扣嘛，奶奶。在去年的廟會裡，梭倫就曾經從這樣的老太太身上，得到過一對金鈕扣和一對珠寶鈕扣。自他當扒手以來，梭倫最喜歡的就是這一類老太太了。

貼上去非常容易，扒東西也非常容易。不但容易，從他們那裡得到的還盡是些好東西。金子也是以前那些純度高、分量足的金子，珠寶也是質量最好的無色藍寶石。

「祝你福氣滿滿，長命百歲，遠離災禍，事事如意。」

老奶奶一邊喃喃唸著祝福語，一邊慢慢走下了樓梯。

奶奶我不用遠離災禍，不用滿滿福氣，也不用長命百歲（反正我是不可能有福氣，也不可能長命了）。

呵呵，就讓我每次使用自己所會的手藝行動時，能夠有不菲的收穫吧。王子們也請保佑小弟啊，小弟會每天進神祠來祭拜的。

也請尊神不要急著用事實責怪小弟說：「吼！你不是因為工作，才會跟著獵物來到神祠裡的嗎？」

正所謂一舉兩得嘛，祭拜您們的同時，也順便來找一些獵物哈。

今年也沒有得手多少獵物啊，尊神。往年的話，當崩廟會還沒開始，梭倫就已經在曼德勒—馬德亞列車上找到獵食的森林了。梭倫的手裡就已經堆滿金錢了。廟會沒開始前，梭倫的獵物是神婆們。當他們提著一堆裝神像的籃子、箱子等亂七八糟的東西，狼狽地上火車的時候，正是梭倫他們最開心的時候。如果神婆是個偽娘，那就更好貼上去了。開玩笑似的貼近一點就可以了。比這更靠近的話，只怕都不用扒，就可以從他們那裡拿到東西。

廟會舉辦期間，梭倫在火車上更是隨心所欲。火車就別問有多擁擠了，不僅所有座位都被坐滿，座位間的空處站著的人們，看起來都好像連著胸部、背部或側身的連體嬰兒那樣。當然會擠啦，火車票比車票便宜嘛。車票要二十五、三十，火車票只要七塊、八塊。對這些只看得到車票貴、火車票便宜，而沒有考慮到扒手危機的人們，梭倫可是已經準備好迎接他們了。

梭倫在火車上永遠都是與人連著胸部的連體嬰。從來不會跟人連接背部或側身。跟他連體的即便是個男人，也得是個脖子上掛著條金項鍊的男人。是女人的話，最好是扣著金鈕扣的。只管輕輕地拿走下面的扣子就好了。梭倫真該感謝這時代又流行回扣鈕扣的衣服。

嗐，有時候扒手們也會被那些假的金鈕扣們擺上一道。不過上緬甸人大部分還是誠懇老實的啦。無論是項鍊還是鈕扣，到手的多半都是真的。

唉，今年可就不想說了，也不知道是怎麼回事。火車雖然還像往常那樣擠，但看看那些男的，幾乎沒有一個是脖子上戴著金項鍊的（從前上緬甸的男人可喜歡戴金項鍊了），看看那些女的，別說項鍊了，戴耳環的沒有幾個。

嗯，所有的婦女，衣服上面的金鈕扣倒是閃閃發光的。可是兄台，你先別急著高興。梭倫可是在仰光就打聽好了，釘著一顆十二塊錢金鈕扣的衣服，今年正是流行。梭倫是真不走運，多次往返於所有車廂，也只是從一個孩子的脖子上，扒到一條細細的項鍊而已。

廟會還沒開始前三天就到了這裡，初八開始的廟會，到今天初九了，金子就只得到這點，錢也只扒到一點半點，還不夠付食宿的支出。

算了，從明天開始就只留在神祠附近了。為尊神沐浴的那天，可就全是自己的了，全是自己的了。到了那天，一堆從仰光來的阿姨們，在為即將行沐浴禮的兩位尊神推來搡去擠成一團的時候，自己就可以切割下他們脖子上的那些，以及他們腋下夾著的那些圓鼓鼓的錢包了。

「喂，前面的讓一讓，別在這裡東張西望的，這裡沒什麼少女，只有你被扒的份。」

梭倫的側腰都被撞痛了。一個看起來邋邋遢遢、伶牙俐齒的三十多歲婦女，硬是從梭倫的身邊擠到了前面去。對這個不僅用肘子撞了一下自己，還用眼神斜了自己一眼的女人，梭倫覺得有點想笑。

「扒手我倒是怕得很。」

「不怕能行嗎？有點什麼都會把你扒光的東西們。我可是被扒過很多次了。連窮人都不放過，有什麼都要扒光的。在火車上被扒過三、四次了，連買供花的錢都沒有了，只好空手向尊神稟告以後就回家，這遭遇真是……」

姍姍欽像往常一樣，當著扒手的面，把她想說的一股腦地說了出去，彷彿周圍的人都是她的老朋友似的。對這個手持著一束供花、穿著邋遢、口裡嘰哩呱啦說個不停的同時又要硬擠進人群中的婦女，旁邊的人都投以輕視和煩心的眼神。

管別人怎麼看，姍姍欽才不在乎，走到兩位尊神跟前才是最要緊的。趕緊走到，趕緊供花，趕緊拿回供花，啊，要祝禱久一點以後就回去。自己在這裡可買不起早飯來吃，也買不起其他的任何東西。只因為是家裡的傳統，只因為承諾過每年都要前來祭拜，所以才在沒錢的情況下，也硬是來到了這裡。

這些都是大實話啊，王子們。您們的大妹子，可不敢說謊。生肖屬禮拜二的大妹子[7]，可是一年比一年窮了。大妹子也很想全家穿著光鮮亮麗的服飾，搭乘著 Town Ace、Lite Ace 那樣的大車，拿著要獻給您們的價值上千塊的紗籠裙以及國外進口的餅乾盒，來到您們面前。

生肖屬禮拜二的大妹子，這次來這裡可只拿著二十五塊啊，尊神。真的就二十五塊，蒼天可鑑。換來一張舊十元鈔，兩張五元鈔，還有五張新的一元鈔。在孩子們和孩子他爸面前，裝作東走走西走走的樣子，走到杜雅街火車站，才搭上了火車。

做丈夫的要是知道了，又要有一場好看的了。他發誓如果今年再來，就要把大妹子我殺死啊，尊神。這人真不是個好人。您們賞賜的一切之所以都會白費，少不得都是他的罪過。您們不喜中國人的獵物[8]，他就偏要吃。沒用的傢伙，買不起那個中國人的獵物，只為了氣他媳婦，就故意從他朋友那裡討來吃給人看。請懲罰他一下吧，尊神。懲罰到給他長點記性，啊，不過也不要把他懲罰死了啊，尊神。到時候大妹子可就要當寡婦扶養他那些孩子了。

7 緬族人根據自己出生在星期幾來確定自己的生肖。除了一週七日以外，緬族人把星期三則分成兩半，分屬兩個生肖，故緬族的生肖一共有八個。這八個生肖分別是：星期一屬虎，星期二屬獅，星期三上午屬象，星期三下午屬無牙象，星期四屬鼠，星期五屬天竺鼠，星期六屬龍，星期天屬妙翅鳥。

8 中國人的獵物即指豬。因瑞彬吉、瑞彬雷兄弟是穆斯林，不食豬肉，所以信徒們在兩位神靈前，都會以中國人的獵物來稱呼豬。之所以會如此代稱，或因緬甸人普遍認為中國人最喜歡的肉類是豬肉之故。

今年也請像去年一樣，在夢裡給大妹子一些徵兆吧，尊神。去年因為尊神們的賞賜，大妹子得了一千五百塊的本錢。

那一千五的本錢也沒有用多久，就因為米價上漲的折磨，為了這幾張嘴，連本錢都吃光了，只好又去求那個放高利貸的女人。

唷，尊神您們也該聽得煩了，大妹子心裡倒是變輕鬆了。一整年的焦慮，在尊神們跟前吐出以後，心裡就輕鬆極了。是因為尊神們顯靈，因為尊神們的神通啊。請賜予飽足的生活吧。請讓大妹子從吃完上頓不知下頓的命，變得上下頓都有著落吧。夢裡也請給一些會中威力彩、大樂透的數字吧。在大妹子回家的路上，也請指示妹子看到、撿到那些大老闆們弄丟的金銀錢財吧，尊神。

細細地注視著兩位王子的神像，將自己想說的、想求的，都盡數說完、求完之後，姍姍欽從人群中擠了出去的同時，也不忘四處張望王子即將指示給她的金項鍊和錢包等物品。吼，你看，還真看到不少呢。金項鍊、金手鐲、鑽石耳環、七寶戒指等等，但是姍姍欽不能撿。因為它們沒有掉在人群中的地板上，而是在人群中某個人的身上，一個在人群中慢慢擠上前來、身材肥胖的婦女身上。

啊，大妹子想成為的，就是那樣的女人啊，尊神。想胖就給她胖吧，反正是因為吃到想吃的所以才會胖的嘛。尊神，您們看，她那身材肥肥壯壯的，油潤的皮膚以及身上穿著的大花紋蠟染紗籠布真是搭配。粗壯的脖子上掛著拇指般粗的金項鍊，一直垂到肚臍。圓滾滾的手臂上套滿了一層層的手鐲，手指上也戴滿了鑲嵌著各色珠寶的戒指，兩邊耳朵也一閃一閃的，映襯著兩邊臉頰紅豔的脂粉。

那個女人手上提著的袋子裡，還裝著許多要獻給您們的頭巾和紗籠。大妹子要是能夠像她一樣來到您們的面前，大妹子就是死也甘願了啊，尊神，就是死也甘願了。她後面還跟著一些跟班呢。喔，還帶著些餅乾盒和水果。請趕緊把大妹子變得像那女人一樣前來祭拜吧，請趕緊吧，尊神。

胖女人一夥人，從祝禱還未結束的姍姍欽面前走了過去。呼吸著有錢人身上散發出來的汗味，留在原地的姍姍欽，望她們望得兩隻眼睛都快要脫窗而去。

姍姍欽以為心中連芝麻大的煩惱都不可能有的胖女人丁瑪菡，卻是一見到尊神們的眼睛，就已經開始泛淚了。

她心中那無所比擬的，彷彿曼德勒山般的巨大焦慮[9]，已經開始慢慢融化了。

9 曼德勒山位於緬甸曼德勒市中心的東北部，高二三六米，曼德勒城即因該山而得名。

把紗籠、頭巾、餅乾盒、水果等物，經由神祠管理人獻給王子們以後，丁瑪菡就立刻拿出手巾進行拜拜。連那些笑著跟她熱情打招呼的管理人，她都來不及回應。

一切都還順利吧？順利的。去年跟王子們商議好的生意順利嗎？順利的。正因為順利，所以才依約來到尊神們面前還願的啊。順利的，順利的，生意倒是非常順利的。

穿戴著獻過尊神們的頭巾和供花，所做的生意不用問都非常順利。錢也一直滾滾入帳而來。要記得的是，無論做先生的是什麼角色，如果做太太的不會處理，還是不會順利。如果沒有王子們的保庇，也不會有前面所說的這些事情。

做太太的仰仗著王子們的神通和威望，生意好到錢也有了，樓也有了，車也有了，地產也有了，樣樣都有了的時候，婚姻卻不順利了啊，尊神，不順利了。

丁瑪菡用香噴噴的手巾，輕輕拭了一下眼角。拭的時候，她身上閃起了一道道珠寶發出的光芒，等到她雙手合十坐定以後，那些光芒又逐漸斂去。

大妹子心裡的焦慮，您們一定是知道的吧。現在，他，他，您們的兄弟有小三了，尊神。有如夫人了，尊神。

比家裡最大的女兒都還要小呢，尊神，這還能看嗎？

剛開始工作的時候，可是連酒的味道都聞不了，更別說女人。連陰謀詭計也一竅不通的大老實人啊。現在可是什麼本事都學會了。每到晚上就喝著威士忌，開著一輛Toyota，到小三家去了。他可是買了個金屋藏著嬌呢，尊神。

金屋裡還有電視什麼的。

大妹子的話，他聽不進去了，兒女們的話，他也聽不進去了啊，尊神。所以大妹子就說要來稟告您們，他做了您們不喜歡的事情。結果您們知道，以前那麼害怕您們的，您們那位兄弟是怎麼說的嗎？（也可能是被下了什麼藥了吧。）還請您們聽聽看吧。

他說他做的事情，是您們喜歡的事情呢。說您們也喜歡喝酒，也有許多妻妾環繞。他根本不明白您們早已經戒了酒，也不懂只有您們才可以有那麼多妻妾，大妹子真不想說他，祂們因為是王子，所以才有眾多妻妾的，你是什麼東西也配有這些？

請不要就這樣眼睜睜看著吧，尊神。請不要看著他僭越地與您們相比吧。請把他叫到您們的腳跟前，低頭向您們請罪吧。

請幫忙讓您們的兄弟心生悔意，並產生想要跟那小三分手的想法吧。也請順便幫忙阻止那據說會讓您們兄弟調職的機會吧。

他要是調職到其他地方，大妹子這邊因為還牽掛著生意，不可能跟著他去。到時候麻煩就大了啊，尊神。他說萬一真的要調職，就讓大妹子留下來，怕生意會做不下去。嘿嘿，當大妹子不知道嗎？他是要把那女的帶過去啊，尊神，要把那女的帶過去。

他把那個下賤的爛女人重視、寵愛得不要不要的。上回他升了一級職位成為大官的時候，大妹子也就仿效其他夫人，在自己的名字後面加上了他名字中的一個字，把名字改成丁瑪菡的時候，他覺得很丟人。說什麼這太丟臉了，不要做這種幼稚的事情。

現在到了那個女人，他不僅要把他名字中的字加上，而且是兩個字都親自加在她名字後面，為她改名。

真是令人痛心啊，尊神，真是令人痛心。肚子裡心裡都非常的痛。想起他還是小職員的時候，兒女們和丁瑪挨餓的情形；想起為了讓他升官，丁瑪花光了金銀首飾的情形，丁瑪我就覺得很痛心啊，尊神。

只有您們出手相救，這些焦慮才能平息。請消除大妹子的焦慮吧。只要您們的兄弟和小三分開，只要他沒有調職，只要兒女們考試順利，只要生意能夠蒸蒸日上，只要大妹子的這些焦慮全部都能平息，大妹子一定為您們獻上許多的娛神節目。一定搭三天的祭神彩棚，舉辦最隆重的娛樂節目。

丁瑪菡慢慢張開了她的眼睛。懷抱著少了那麼一點點的焦慮準備起身時，她身邊的隨從們趕緊上前將她扶起。

因為身軀過於肥胖，突然想要從坐著的地方站起，就一定要靠人攙扶，而且還馬上走不了路。要停一會兒，才能開始慢慢走。已經有高血壓了，鹹的東西都不能吃了。富裕以後反而吃不上鱧魚乾的命。

都忘記向王子們稟告一下自己的疾病了。請幫忙阻止高血壓發展成糖尿病和心臟病啊，尊神。請讓大妹子開開心心地活到一百歲吧。

在隨從們的攙扶下，站著的丁瑪菡又合十了雙手。

一邊合十著雙手喃喃禱告著沒完沒了的願望，一邊慢慢地走了出去。

神祠裡面還有許多男人們、女人們、偽娘們，還在各自手持供花，像丁瑪菡那樣閉著眼睛喃喃地說個不停。

還有許多要來喃喃祈福的男人、女人及人們，也各自拿著供花，推搡著擠進了神祠裡。

午後朝會

哇高月初十

午後兩點，在哇高月熾烈的太陽底下，來參加廟會的人們大汗淋漓地互相推擠著。神祠裡面，則已經準備好要開始朝會了。

負責主持神祠的各種典禮，掌管各類神職人員的大主管，端坐在兩尊神像的正前方。

大主管後面坐著的兩排人員裡，前面一排是王子們的兩位北宮王妃，和兩位南宮王妃。幾位王妃都年事已高，到了八、九十歲的年紀。然而無論她們的年齡多麼大，到了當崩廟會時節，她們還是要照例出席。

坐在王妃們後面一排的，是負責坐北廂的戴邦帽官員們[10]，和負責坐南廂的戴邦帽官員們。

在他們的前面一排，彎著雙腿跪坐著參加朝會的，則是由神祠內廷中最重要的管事們所領導的，全國各地其他神職人員和廣大神子神女們。

所謂朝會日，是指負責服侍尊神們的各類職員，諸如戴兜帽的王妃們[11]、戴邦帽的官員們、負責為尊神持拿旌旗儀仗的神職人員們、負責為尊神們奏樂的樂師們等等人物，向兩位尊神進行祭拜儀式的祭拜日。這個祭拜儀式因為所有王子們的侍從們都要前來參加，所以也被稱為侍從上朝日。

朝會期間，大家會祈求王子們為自己實現較為重大的願望，同時也向他們許下自己的還願方式。在大主管的領導下，戴兜帽的王妃們和戴邦帽的官員們，開始進行「吶基告」的儀式，也就是恭請那些被認為最早成為神靈的七位家宅尊神降臨儀式及朝會。

之後，按照祭拜儀式的慣例，要表演划船、獵兔等舞蹈動作娛樂兩位尊神。此後再恭請布堪神，此時王妃及官員要表演鬥雞，樂師們要奏響禮樂。

10 邦帽是緬甸古代王公官員所戴的一種官帽。

11 兜帽緬甸古代人所戴的一種帽子。

依照神祠的傳統，世代負責為神祠獻樂的塞恩樂團[12]，已經準備好了。在神祠上的塞恩樂團尚未奏樂之前，廟會中的任何一個禮樂樂團，都不敢將任何一個鑼鼓奏出聲音。只有塞恩樂團開始奏樂以後，大家才可以跟著奏樂。

然而在此朝會舉辦當日，塞恩樂團雖然已經開始演奏，廟會中的其他禮樂樂團也還不能跟著奏樂。要等到第二天，哇高月初十一日，兩位王子結束了沐浴禮，回到神祠以後，廟會中的其他禮樂樂團，方能開始奏樂。

不僅廟會中的禮樂樂團如此，就連要在廟會中表演戲劇的劇團中的樂隊，也只能在沐浴禮結束後的夜晚，才能開始奏樂、開始戲劇表演。這已經是行之有年的傳統規定。

哪一個樂師膽敢突破這個傳統？

哪一個劇團中人膽敢衝撞這個規定？

當崩一帶的居民們和神婆們，會告訴你那些因為突破、衝撞這個傳統規定，而下場淒涼的樂師及劇場人的故事。

午後三點快到了，朝會就要開始了。

塞恩樂團的圍鼓手，將手輕放在需要第一個敲響的小鼓面上進行準備。

三點整的時候，塞恩樂團的圍鼓手輕放在小鼓面上的手，開始不停地進行活動。以有序的節奏敲響而出的鼓聲，以其令人愉悅、憂傷而激動的聲響，擄獲並覆蓋了整個當崩廟會。

鼓聲一響，所有聽到的民眾及神壇上的神婆們，馬上停下了手邊的工作，將自己的雙手立刻合十。

他們是向著神祠的方向，心裡想著神祠上的朝會，合十起自己的雙手進行朝拜的。

「佛、法、僧三寶在上，奴婢恭敬地向至高無上的主人，兩位尊貴的當崩王子行禮。奴婢在您們腳跟前行禮了，兩位大小爺爺。

奴婢積攢儲存的那些金銀珠寶首飾，都是打算為了兩位爺爺，預想著在瑪哈穆尼大佛進行捐獻的。奴婢願將此功德迴向給兩位爺爺。請保佑奴婢日後能夠成為有能力捐獻比現在還多十倍功德的施主。在奴婢尚未從世俗的此岸，渡往出世的彼岸之前的

12 「塞恩樂團」是源自緬甸宮廷的禮樂樂團，該樂團以緬甸圍鼓為主奏樂器，負責為皇家的各類慶典儀式演奏音樂。緬甸王朝覆滅後，此類樂團開始流落民面，開始為民間的各類慶典和劇團進行演奏。

這段過渡期間，請保佑奴婢可以成為如轉輪聖王、阿育王那般，洪福足以修練聖法的尊貴人物吧，爺爺們。

爺爺您們是有才德沒錯，但還是請保佑奴婢成為能夠替您們廣積善行的奴僕吧。請保佑受爺爺您們福蔭庇護的，那些週一至週日出生的所有信徒身心愉悅，並能夠在往後的每一年都能行善，為您們積福。如同爺爺們所知，奴婢既不喝酒，也不調戲欺凌良家婦女。奴婢也沒有硬要將您們灌醉，再向您們求取幫助。請您們賜予奴婢威權。請將最高的威權、極權賜予奴婢。」

清清楚楚、坦坦蕩蕩的祭拜祈福聲，從距離神祠不遠的一個院子裡的兩層樓房中傳出。二樓的整個前廳，都鋪滿了新的，以天鵝絨包邊的蒲草蓆。前廳東側的草蓆上，不僅加鋪了一床紅色的地毯，地毯前面的一個三層高臺上，還整整齊齊地疊放著各種泰國餅乾盒和進口糕餅、各類水果、各色頭巾，以及許多昂貴的男用紗籠布。

高臺的最上層，除了有一頂接受祭拜用的邦帽，放在臺面正中間一個裝飾著金色花紋的小高腳盤上外，看不到任何神像。三層高臺的上面，有一個佛臺，以彩色燈泡裝飾，供奉著許多劍蘭。

那位雙手合十，端莊地跪坐在紅地毯上，年約五十多歲，身材不胖不瘦，體型修長，膚色白皙且搽著些脂粉的漂亮人兒不是別人——他正是以資深神職人員的身分被授予「雅德納谷邦帽」頭銜的戴邦帽官員吳霸西，人稱黛西珍。

從閉著雙眼，合十著雙手的狀態張開眼睛一看，就看到信奉黛西珍的神子神女們彎曲著雙腿，縮著身子跪坐在蒲草蓆上面。

黛西珍和藹地笑了一笑。

「喔，都來了啊，是哪一天從仰光出發的？說，還到哪裡去浪過？還知道趕著來參加朝會的，是不是？嗯，來了才對，來了才對。是要趕著來參加王子們的朝會才對。來拜拜，來祈福吧。都祈福過了吧？我這裡也幫所有人都祈過福了，剛才有聽到嗎？來吧，到前面來，這是什麼東西？」

黛西珍從一個向前移過身軀來的婦女手上，伸手接過了一個紙袋。

「喔，是頭巾啊。嗯，因為獻祭頭巾，讓你從今天開始，一切都往好的方面更進一步吧。怎麼樣，滿意嗎？」

「請幫忙祈福讓生肖為禮拜二的小女兒，第一年應試就能以優異的成績考上高考吧。」

「行，生肖屬禮拜二的小女兒啊，尊神。」

當黛西珍一邊將頭巾貼在額頭，一邊念念有詞地祈福時，婦女雙手合十，閉上了眼睛。如同全身閃閃發著光芒的婦女，其他全身亮麗的仰光婦女們，也將大面額的紙鈔奉獻給黛西珍。

「是這樣的，尊神。請養育賞賜他們吧，請裝飾打扮他們吧，尊神。請將您的子女們餵飽餵好，請將他們裝飾得漂亮美麗吧。請讓他們的生意和事業如潮水般不停上漲，也請帶領他們年年都前來祭拜您們吧，尊神。請照顧他們行走往來之時都能避免災禍，得以安然無恙吧，尊神。」

剛祈禱完，黛西珍就立即拿下貼在他額頭上的紙鈔，放到高臺上的邦帽裡。

「唉唉，看看這邊，說句善哉吧。這個邦帽的金帽頂，和這裡的手鍊、戒指以及這些項鍊，大概全部有二兩多重。廟會結束以後，為了王子們，我會將這些捐獻給瑪哈穆尼大佛。這裡面也有所有神子神女們的功德，你們說句善哉吧。阿彌陀佛……。」

「善哉，善哉，善哉。」

「好了，都吃過飯了嗎？還沒吃過的話，不要客氣喔。可以到樓下去吃。今天什麼菜來著？都是些家常菜啦。喂，阿鵬基，客人們要用餐喔。去吧，去吧，都不要客氣，去吃飯吧。」

「等會兒吧，黛西珍。我還想知道我兒子上船當海員的事到底成不成呢。」

「是啊，也幫我算一下我家那個人升遷的事情嘛。」

「唉唉唉，全部都讓你們成功，全部都讓你們順利，行了吧。嗐，我這邊可是一次都替你們祈禱好，為你們祝福著了。什麼都不用焦慮，放心吧，去，去，去吃飯吧。」

閃閃發光的婦女們一下樓，黛西珍就用手扶著胸口，很大聲地嘆了一口氣。然後他仰頭喝光了托盤中的一杯溫水，躺到了地毯上的藤靠枕上。

好累，好累，真的累。旁人恐怕會想，抹著脂粉，穿著筆挺的衣服坐著跟人說話，那還算累？哎呀，可別以為說話就不會累。你想想，天一亮就開始說了那麼多話，說得都快要口吐白沫了。那別人又要說：「欸，那你難道沒錢拿嗎？不是口吐的白沫愈多，你拿到的錢也就愈多嗎？」我當然知道有錢拿。但是，你也知道的。我可是黛西珍，我不想做的事情，是無論如何都不會做的。哎呀，我是說真的。不想做的話，黛西珍可是哪怕正在起乩，都可以「嘭」一聲躺下身來睡覺的。邦女郎的脾氣，你是知道的。

這都是現在年紀大了。要是在年輕時候，像剛才那樣，自己很累的時候，還遇到被這些婆娘們硬纏著算命卜卦的情況，我早就很大聲地告訴他們：「吶，我不算了，拿回你們的錢。」早就大聲跟他們說：「我來當崩是為了找樂子的，是為了做那個的……。」多省事啊，我黛西珍可是很坦蕩，很直接的。被人說兇也好，被人說悍也罷，隨人家說去。像剛才那樣，因為不想算卦就委婉地用硬請人吃飯的方式趕人什麼的，要是在過去，根本就不可能發生。嗯，現在年紀也大了嘛，修過了禪，對毗缽舍那[13]也有一些了解了。

想煎想炒的心，也不太有了。王子們賞給多少，就吃多少吧。只要自己的心態端正，不需要去煎誰、去炒誰了，肚子自然就會填飽，收穫自然也就會有了。所謂煎炒[14]，其實就是行騙嘛。唉，我當然知道，神婆的生活，就是不停地繞著地獄這口大鍋的邊緣進行奔跑的生活，就是要說些真真假假的話來謀食的生活。不但犯了妄語戒，還犯了殺生戒，雖然不是自己親手殺生的。那個，活魚要幾隻，公雞母雞要幾對等等的，不就是在殺生了嗎。是的，爺爺們。誠如您們所知，奴婢確實是在您們的福蔭庇護下，謀取著自己的生活。

所以有同行諷刺奴婢，說奴婢身為資深神職人員，卻揭自己的瘡疤。他們都痛恨奴婢。哎呀，可奴婢黛西珍說的，都是事實啊。奴婢告訴他們：「我就要說，偏要說。資深的神職人員，就更不應該說不真不實的話語。」

還有一些搞不清楚狀況的人，說奴婢不像別人一樣稱呼您們為尊神，而稱呼您們為大爺爺、小爺爺，說奴婢這個邦女郎出格，搞特殊。

真不想說他們的。哼！在蒲甘王朝時代的蒲甘國，阿努律陀王在位的時候成的神（還請尊神們傾聽），過了蒲甘王朝、茵瓦王朝、彬牙王朝、貢榜王朝、雅德納崩王朝等等王朝，到今天都得幾歲了？必定是當大爺爺、小爺爺的年紀了啊。因為年紀大，都已經開始去廟裡持齋守戒了。現在啊，兩位王子可不像以前那樣喝棕櫚酒了。獻祭的時候，都只能獻飲料了。

知道了嗎？記住了嗎？邦女郎我既不是出格，也不是搞特殊。同樣是偽娘，我也不是要比人家更高一等。我是對歷史、傳說有所研究。即便是煎人炒人，黛西珍可都是依據歷史來煎來炒的，哼哼。

13 佛教術語，又可譯作內觀，意為以智慧進行觀察，是緬甸盛行的禪修方法之一。

14 「煎炒」為偽娘神婆們的行話，有「欺騙、誘哄」之意。

然後，還有人說：「神婆，都戴邦帽了，神像都沒有一張，這還叫信奉神靈嗎？這還算是神婆嗎？這還能戴邦帽嗎？」唔，說的可多著呢。我就跟他們說：「哎呀，用不著神像，用得著的只不過是神威。」

沒有，也不用，一張神像都沒有。佛祖早就說過，無論什麼事，只有心才是最重要的。最重要的就是兩位王子，和三十七位神靈的神威。心中懷有神威，才是最要緊的事情。

這裡不是有嗎，家宅神摩訶祇利的邦帽。這可是古董邦帽，是敏東王[15]親自賞賜過的，很難得的東西。帽子的前面還上著漆，貼著金箔，鑲著珠寶。自己有這個命，所以才得到這個東西的。邦帽官員，邦帽官員的，神祠那邊也不過是給個頭銜，相應的帽子等飾品，還是要自己準備。

這頂真正的古代邦帽，你說它流落在什麼地方？它流落在仰光蘭瑪多區那個流氓伯鬥的老婆手裡！原來她也是個神職人員。後來也是命運安排吧，這頂邦帽竟然被拿來賣給我。那時候我也不是很懂，想說我為什麼要買這東西？我都已經訂做好用金銀絲線繡製的迪斯高邦帽了，才不想再花錢買東西。但是一個懂行的朋友叫我買下來，說這是古董，會愈來愈值錢，所以我才買了的。到了我手上以後，我又重新給它貼了金，珠寶已經掉了的地方，也重新給他鑲上珠寶（我用的可都是真的寶石），然後又做了一個有三隻腳的小高腳盤，把它放在高腳盤上供奉，就當作是受禮專用的邦帽了。

那個迪斯高邦帽就當作舞蹈帽，跳舞娛神的時候就戴那頂。就那頂邦帽，我的神壇上就只有那個。然後就沒了，什麼神像都沒有。因為沒有神像，我黛西珍的信徒神子神女們也沒有變少過。一年比一年還增加了不少呢。咳，誰讓我有著神威呢。

從那以後，黛西珍我不管去哪，無論是去葡萄[16]，去英國，來當崩，還是要來雅德納谷，都非常方便自由。再也不需要被一堆神像和籃子、箱子什麼的牽絆著，只需要為那些邦帽買一個進口的箱子就可以。

只需要抬一個箱子就夠了。到全國各地的祭典跳神時，也從不帶神像去。只需要在神壇上按順序擺好屬於各個神靈的「甘朵布耶」供品。

15 敏東（一八〇八年七月八日～一八七八年十月一日），緬甸貢榜王朝的君主，一八五三年至一八七八年間在位。

16 地名，位於緬甸北部克欽邦的高山地區。

喔，我出門時候，帶最多的，就是裝服飾的箱子。哎呀，我這人啊，就是愛漂亮，想漂亮。我穿的衣服，都要最貴、最好的。我舞蹈表演時候穿的那些紗籠，可都是最時髦的。那些國際知名的女舞蹈家們，都沒有這些紗籠。我黛西珍啊，就連紗籠上，都要縫上紅寶石的。抹谷地區那些成色不怎麼樣的小紅寶石，過去又不值多少錢。我的紗籠上，縫著紅寶石、珍珠，還有藍寶石。

哎呀，我剛開始來當崩，就是因為想要穿著打扮自己才來的啊。我雖然娘，但在自己的家鄉，又怎麼能像女生那樣穿著打扮呢。雖然是個偽娘，但終究還是個男性，要生活得像個男性才行。我聽說在當崩廟會，偽娘們都隨心所欲地打扮穿著，是個很好玩的節慶，於是就很想來。因為我想打扮得像女人那樣，無拘無束地過開心的日子。那時我可是什麼神靈都不知道，也還沒有當上神婆。女性的血液在我的身體裡流淌，春心也開始蕩漾著，讓我只想要穿著打扮，唱歌跳舞，尋找開心。老公也是想要得不行。看到這個男的也喜歡，看到那個男的也喜歡，看到什麼都覺得喜歡得不行。

欸，我可不是在胡說八道。那時候看過我的人，也沒有不喜歡我的。小時候我的桃花可是非常旺的。見面就有一堆人想要向我自我介紹，想要搭訕我。

還記得第一次跟人家來當崩，在仰光火車站裡，我跟著一些認識的偽娘神婆們。

偽娘們正忙著處理一堆神像和其他東西的時候，我就提著行李在火車站裡亂逛。雖然還是打扮成男性，穿著件綠色天鵝絨的長風衣，但那時候我的頭髮很長，被我盤成了一個髮髻，臉上還搽著脂粉。

來回逛了兩圈之後，就有一個人靠過來搭訕我。「你是在哪一個劇團表演的男演員啊？」哎，這可怎麼處理？那人也不知道是不是個劇團的負責人，一直叫我跟他去孟邦，說要捧我做男演員、主要演員。媽呀，都說到每晚的出場費要給我多少多少了。我也一本正經地假裝自己是男演員跟他說得正入港的時候，那幾個偽娘突然走過來，跟我說：「喂，小姐，過來了。你在幹嘛，火車都要開了。」她們又吵又嚷的，還不停招呼我的老母，嚇得那人目瞪口呆的，我看情形不對也只好趕緊閃人。

那時候在火車上別提多開心了，吵吵鬧鬧、唱唱跳跳、吃吃喝喝的。沿途每一個火車站的東西我們都要買來吃，價錢也都非常便宜。仰光到曼德勒的火車票，只不過七塊二十五分。

從曼德勒往當崩，那時候是從瑞德溪乘船過去。

在瑞德溪乘船最好玩了。一船船的人，互相開玩笑，打招呼。亂稱別人岳父、岳母、老婆、太太、大舅子、小叔什麼的。有的人玩笑開得很露骨，因為有一些是醉漢嘛。咳，我可是愈露骨愈開心。少年們叫我娘子，我就開心的叫人家相公。但要是有人叫我「喂，人妖」，我可就要把他的父母、姊妹和祖宗十八代都招呼個盡。

到當崩以後也是非常開心，開心得都控制不了自己。穿著一套紅色的衣服，綁著一條紅色的頭巾坐在奶茶舖，惹得一堆年輕人鬧哄哄的。這人來拉一下，那人來扶一把的。那邊因為有很多偽娘，大家都打扮成女人到處行走，得到充分的自由。嗐，有什麼好說的，天一亮就打扮好出門，到神祠那邊，去跳「傳統的鐵門舞」。

去神祠那緊閉著的鐵門前跳舞，被稱為跳「傳統的鐵門舞」。朝會結束以後，鐵門會被緊緊拉起，民眾們於是就聚集在鐵門前跳舞。這個傳統，從古代就有了。神祠的塞恩樂團會幫忙演奏音樂，當然是需要付費的。那時候都會請他們幫忙演奏二十五分錢的、五十分錢的音樂。一個金幣才十二塊錢的那個年代，人們最多也就會點兩塊錢的音樂。那時候兩塊錢已經買得到一匹白布和一桶食用油。如今最少都要點四十五塊、九十塊的了。

在鐵門前跳舞的人非常多。跟少年們混在一起跳舞，被他們亂嘴的時候，我不但要嘴回去，手也自然不會閒著，「嘣、磅」地先打過去再說。然後到了晚上，又要再換一次衣服，再出一次門，去這邊、去那邊、去跳舞，整個晚上都過得非常開心。

第二年的當崩廟會開始抓捕偽娘，只要一看到偽娘就抓，抓到警察們腳抽筋。雖然是偽娘，但如果打扮得像個男人，裝得很有男子氣概的樣子，就不會被抓捕。但如果穿得像男人，動作卻很陰柔，那就過來，進到拘留所裡面去。

一聽說到處在抓偽娘，我借住的那個棚子的神婆們就說：「喂，不要出去。留在自己的棚子裡，小心被抓去。像你那樣喜歡到處亂跑，一定會被抓的。」於是就不可以出去，心情也就開始煩躁了。想出去，想出風頭，可又該怎麼出去？想到受不了了，又不想穿男裝出門，於是就在女裝下穿了一層男裝，約著人一起出去。喔，臉上的脂粉倒是只塗了薄薄一層。

出來就看到警察已經等在神祠附近。看到我們就遠遠地喊：「只要不上來神祠，附近隨便你們想待多久就待多久。」還挺好心的。但我就是想上神祠，就是想在神祠上瘋，於是趁著警察不注意就溜到神祠上瘋去了。過一會兒就被警察發現了。一發現就很生氣地朝我走來，準備要來抓我。哪有那個可能，我立刻唰一聲脫掉自己穿在上面的女性紗籠，把它折好夾在腋下，再將原本穿在下面的紗籠重新穿好，對旁邊的一個小男生說：「喂，你趕緊脫你的外套給我一下，之後再跟我拿回去。」就這樣我穿上了外套，變成一個男性的樣子，老神在在地從警察前面走了出來。能夠跟警察玩捉迷藏，還覺得很開心。

後來偽娘們受不了拘束都跑了出來，結果許多都被捕到拘留所裡面去。沒有了伙伴的我開始覺得很無聊，再者因為沒有被拘捕過，好像自己就算不上偽娘似的，覺得有些丟臉。

於是為了讓自己被抓，我特意穿上一套橘黃色的衣服，綁上橘黃色的頭巾，特別用食指指尖提著斜肩包的肩帶，以顯示出自己的偽娘身分，然後晃動著包包走了出去。出去的同時，我嘴裡還喊著：「吶，就因為不怕你們所以才敢出來亂逛的。我就是偽娘，來抓我啊。」然後就被抓了。抓到拘留所裡面，遇到了自己的朋友，大家在裡面開開心心地團聚在一起。

隔天一位叫作瑪敏基的偽娘，穿著男性外套和男性紗籠什麼的，打扮成男人的樣子來到拘留所，說是要來保釋所有被拘捕的偽娘們。吼，她竟然還打扮成男的，搞死她。於是大喊：「喂，現在來的那個也是個偽娘，是偽娘瑪敏基，抓他！」警察就把他也拘捕了。

唷，何止是他呢。全部都被搞得很慘。大家把自己知道的，全部都胡亂地說了出去。哪個偽娘叫什麼名字，躲在哪一個佛寺裡，另一個某某某又躲在誰家裡等等的，全部說了出去。最後所有的偽娘們，都來到了拘留所裡。

結果拘留所裡面，偽娘們多到放不下。然後又互相爭吵、叫罵、哭喊，最後搞到警察們也控制不了局面的地步，說：「好了，女士們、小姐們，都請別哭、別鬧了，請各自回各自的地區去吧。不准再逗留在這個廟會了。」就這樣大家就被放了出去。

放出來以後大部分人都返回了自己的地區。啨，要我回去還遠著呢，才不回去。我們繼續逗留在曼德勒，我跟我的朋友兩個人。

有一天晚上，我們跟兩個人去蔓蒂達公園坐坐。我在一邊，他在另一邊，就在明格拉橋附近。還記得那個晚上，兩個朋友都穿著白色有波浪形花紋的紗籠，都穿著高跟鞋，而且都戴著一朵大麗菊。

在公園裡，正準備開始聊天呢，警察就出現了。警察一邊說著「過來」，一邊把我抓住。我怎麼可能讓他抓呢，於是就用拳頭打、用腳踢了警察，然後趕緊跑走。

我跑到朋友那邊，正跟她說我在那邊發生了這樣的事情，結果剛才那個警察卻來到了我的身後。還說什麼呢，我立刻彎腰脫下自己的高跟鞋，用鞋跟打向警察的臉，然後噗一聲跳進水池，游著泳逃了出去。游到對岸的時候，我的紗籠已經不見了。身上只穿著條內褲，不停地發抖，大麗菊也不知掉在了哪裡。我雖然逃了出來，朋友卻被抓了進去。這個消息在偽娘界傳開以後，大家就說，哎呀，這女人能耐不小，有勇氣，有能力，是個邦女郎呢。那時候詹姆士．邦德正開始流行，於是大家就給了我「黛西珍」這個名字。

從那個時候開始，我的本名「霸西」就逐漸消失，只有「黛西珍」被廣為人知。成為神以後，咳，成為神婆後，大家也只記得這個名字。

哎，能不想成為神嗎？這麼想玩、想跳、想穿、想吃的偽娘，一到當崩，神性神心就開始進入體內了。神婆們跳舞、扶乩的那些情形，想不看都不行。我當然會學著模仿了。邦女郎還有什麼做不了的？

當然也是因為被大爺爺、小爺爺喜歡，所以才被他們捧場。真的，尊神們真是對我喜歡得、捧場得都沒什麼好說的。神婆黛西珍的名號，在當崩變得非常有名。當然也是因為我那些親戚們，大力為我捧場。我的親戚們在下緬甸都是有名的煙草大亨。我那些有錢的叔伯阿姨們，自從霸西當了神，就只認他們的侄子是神，其他神婆都不用過來，都不想認識。霸西才是神，有多捧場問都不用問。辦啊，娛神活動；買啊，神的服飾。買要買貴的，首飾要買真的，不要戴假的，會被人看不起。他們就這樣捧我的場的。

當崩也是整個家族每年都前來參加。他們小孩的命名典禮、生日活動等等，都留在當崩舉行。在當崩舉辦生日派對，請人家吃冰淇淋，還用彩色的紙流蘇來布置場地什麼的，那時候還沒有幾個人見過這些東西。於是大家都圍過來觀看，他們就是這樣為我捧場的。

在舉辦當崩廟會的七天時間裡，他們買來一袋袋的大米，一桶桶的食油，宴請所有來找我的客人。然後又說搭棚子住太窄了，很沒有面子，沒有廁所什麼的，既不好睡也不好住，在當崩買地和房子吧。於是他們就帶著我去買，錢等我有了再還給他們。買現在這個房子和院子的時候，要給多少錢？才五千塊而已。加蓋了抽水馬桶、廚房和浴室等，總共才花了近八萬塊錢。現在可值錢了，面上也是別說有多增光了。都說黛西珍在當崩的神壇，是在兩層樓上，在大院子裡的。就是這樣子的。

「德布耶」，說到「德布耶」祭典，黛西珍的「德布耶」祭典也是與眾不同的。所謂「德布耶」祭典，是指帶著甜食、鹹食和「甘朵布耶」供品，到神祠上祭拜兩位當崩王子的典禮。要在神祠上舉行的典禮，是一個神婆一生中最為重要的典禮。身為神婆，如果還沒有舉行過「德布耶」祭典，那就非常沒面子，也非常丟人。

要在神祠上舉行過「德布耶」祭典以後，才會被列名為兩位神靈及神祠的神職人員，才可以在自己的招牌上註明，說自己是列名在當崩神祠的某某神職人員。

所謂「德布耶」祭典，從前也是沒有的。神婆們向來都在神祠鐵門前跳舞獻祭。後來負責管理神祠的人，對那些手上拿著的錢比較多的神婆們說：「來，你們不要在那裡跳，進來神祠裡合法地跳吧。」從那以後，便慢慢地從進神祠獻舞，發展到獻「甘朵布耶」供品、供金和「嗄多沙」供品等其他東西。因為是進到神祠裡，在神靈們面前舉行的獻祭活動，所以就被稱之為「德布耶」。[17]

那時候舉行「德布耶」祭典的神婆也並不多，舉辦一場祭典也花不了什麼錢，也不需要給什麼「德布耶」場地費。

只需要準備「甘朵布耶」供品、「嗄多沙」供品，以及兩位王子尚未持齋守戒前要喝的一罈棕櫚酒。就這些，能花得了什麼錢，百位數罷了。最多兩、三百塊而已。那時候黛西珍可是鋪張了上千塊錢。「嗄多沙」供品怎麼能像人家一樣，只準備些油飯、煎魚、芭樂、鳳梨這些東西呢。不但買了一些蘋果，從仰光訂做了一些特大號蛋糕，還買了許多進口的「高登泡芙」牌餅乾等種種食品。

在「德布耶」祭典穿的服飾，都是用一些最美、最貴的布料特別訂製的。那麼愛漂亮的我，何止是「德布耶」祭典穿的，就連在當崩廟會舉行的七天之內所穿的衣服，也要買、要縫一些最時髦、最漂亮的衣服。有一年，快舉辦當崩廟會之前，上映了一部娃娃溫瑞主演的電影《蘇拉杜巴達》。在那部電影裡，女主角娃娃溫瑞穿著一件很漂亮的棕黃色長毛線衣。穿著長毛線衣的她，手上轉動著一把手槍的樣子，非常有型。黛西珍我因為非常想穿那件衣服，想盡辦法才買到了那件棕黃色的長毛線衣。到了當崩廟會，某一個早上就穿著那件衣服在廟會裡亂逛。哎呀，剛開始的時候，見到的每一個人（特別是像我這樣的人妖們）都說：「啊，這不是娃娃溫瑞嗎？《蘇拉杜巴達》裡的娃娃溫瑞。」然後我就被大家圍觀得志得意滿的，走路的時候，都要拚命扭動屁股。可是也得意不了多久，那時候當崩的天氣很熱，熱得我大汗淋漓的，最後因為怎麼都走不下去了，所以只好半路就脫掉了那件衣服。你知道在舉行「德布耶」祭典的時候，被親戚們戴的一堆珠寶壓得直不起身子的我，是怎麼上到神祠去的嗎？是找了兩個貼身保鑣保護著上去的。帶著兩個貼身保鑣的黛西珍走在前面，排成一隊的親戚們跟在後面，那時候我們就是這樣上到神祠去的。

17 「德」在緬語中為「往上」之意，「布耶」即可翻譯為供品，亦可解釋為表演。

「德布耶」祭典所需的花費漲到萬位數時，願意出資給黛西珍舉辦祭典的施主仍然沒有少過。一年隨便都能舉辦三四次祭典。親戚們每年會幫忙舉辦一次，剩下的則是其他信徒神子女們當施主。有些人可是因為想舉辦慶典，而到處尋找施主呢。

唉唷喂，為這個煎人炒人的，累人得很。能夠舉辦祭典的話，事業會如何如何好、如何如何順利，發生這樣那樣的事，會有怎樣怎樣的遭遇等等的，煎得炒得可多了，可多了。唉，能不煎不炒嗎？現在這個時代，一次祭典所需的花費，身為神婆的人，怎麼可能從自己口袋拿出來墊付。一次至少要花一萬，要準備自己穿的衣服、「嗄多沙」供品、「甘朵布耶」供品。然後還要給所謂的「德布耶」場地費。跟以前可不相同。還有，還要準備三匹男性紗籠布，以及六條披巾呢。

「德布耶」的場地費，哎，今年好像是一千二。三匹男性紗籠布，最少就要四五六千，質量差的花少一點，質量好的花多一點。這個年代吃食也是愈鋪張就愈花錢。這不已經是進口餅乾盒的年代了嗎？一盒餅乾四五百，進口的易拉罐飲料也是，罐子多好看就有多貴。神婆們一整年都在一邊四處跳神，一邊像找自家走失的丈夫那樣，瘋狂地尋找「德布耶」祭典的施主。找到施主以後，才能因為今年已經有所著落而感到安心，胸口的大石也才能落地。直到現在都還沒有舉辦過祭典的神婆，當然也有一大票。但他們的心中還是牽掛著這件事情。神婆們的人生目標就是這個了，就是能夠上神祠舉辦「德布耶」祭典。

黛西珍我可是沒什麼說的。不知道是不是因為命中注定一切順遂，無論是舉辦「德布耶」祭典，或是取得邦帽封號，都沒有讓我焦慮。我來當崩是因為想開心，當神婆是為了能夠來當崩，別的神婆想要得不行的邦帽，哎，我黛西珍卻是為此逃避了兩年、三年。我又不想當大人，才不想要什麼邦帽呢。我是想要唱著跳著，說著真真假假的胡話，輕輕鬆鬆，快快樂樂地過日子。這帽子是神祠那邊硬要拿來給我的。完了之後，他們又對我邦女郎無可奈何。

實際上今天的朝會我是應該去的，畢竟我是個戴邦帽的。算了，不去。我在初七剛到那天就已經去祭拜過了，心滿意足地拜過了。在朝會裡面，要穿著那些厚重的衣服，拘拘謹謹地坐那麼久，搞得大汗淋漓，整個人都很悶，也要坐到朝會結束。我無法做這些事情。時間久了就想大吼大叫起來。所以我告訴他們，如果因為不參加朝會，就要把我的邦帽拿走也沒關係，我是不會來參加的。

「黛西珍在嗎？在樓上嗎？」

唷，又有客人來了。現在才剛有點睡意。黛西珍趕忙從躺著的姿勢掙扎爬起，並揉了一下眼睛。拿起高臺上的眼鏡戴好，再以一杯溫水漱了口。一邊用穿女性紗籠的方式胡亂穿好身上的男性紗籠，一邊走到陽台將口中的溫水吐去。

「黛西珍啊。」

「哎呀，欽埃姐，來，來，什麼時候到的？在哪裡？要給我的醃製蝦子？」

「有帶來的。別說了，本來昨天要到的，就因為火車票，連今天的朝會都沒趕得及。還在曼德勒歇息了一會。搭了晚上九點的火車過來，都累死人了。」

「沒買到頭等票嗎？」

「有，但沒有拿到包廂。」

瑞崩達路的鑽石老闆娘一邊抱怨著，一邊恭敬地向黛西珍的神壇磕了三個頭。然後從她那鑲著金邊的褐色皮包裡，拿出了一疊五元鈔票。她將散發著香水味的一整疊五元新鈔遞給黛西珍，黛西珍雙手合在那疊鈔票上，一邊高舉起雙手，一邊閉上了眼睛。

「啟稟尊神。生肖屬禮拜天的女兒，以三寶為尊，以至尊至貴，智慧無邊的佛祖為尊，以已經守護佛法兩千五百年的護法天神為尊，以守護地球的水神伐樓拿所領導的薩拉斯瓦蒂、迦梨、帕爾瓦蒂，以及其他七天女、九天女、十天女、十二天女、八萬持明仙人、精通煉汞的持明仙人、精通煉鐵的持明仙人、精通煉丹藥的持明仙人、精通算命的持明仙人、精通符咒的持明仙人、精通算命的持明仙人、修行得道成仙的六十四位前輩、修行得道成仙的九十六位前輩，還有三十七位神靈、一百一十一位天人和天人夫人們為尊，以父親家族相關的神靈為尊，以母親家族相關的神靈為尊，以祖父、外祖父家族相關的神靈為尊，以祖母、外祖母家族相關的神靈為尊，以父親家族的傳統為尊，以母親家族的傳統為尊，以祖父、外祖父家族的傳統為尊，以祖母、外祖母家族的傳統為尊的，生肖屬禮拜天的女兒及其子女，今日向您們進獻花錢、餅錢、耳飾錢、帽子錢等花費。

從今時今刻起，她們將臣服於您們的腳前啊，尊神。曼德勒的神靈爺爺、當崩的神靈大爺爺、小爺爺，以及七位家宅神爺爺們，請微笑受禮，請歡喜受禮。從今時今刻起，請保佑她們一個賣家有千位買客，她們做的是禮拜二屬的鑽石生意，禮拜天……，嗯，禮拜三屬的黃金生意，禮拜四屬的翡翠生意，禮拜五……，嗯，請保佑她們出入平安，保佑他們能夠擁有金礦山、銀礦山、各種珠寶礦山的同時，也保佑生肖屬禮拜天的女兒一家，家人團結和睦。請保佑她們生活富足，無欲無求。請保佑她們的耳朵，永遠聽不到需求之言、醜陋之言、不足之言。請保佑她們能夠對有需求的人、吃不飽的人、穿不暖的人施以援手，幫助他們。

在他們尚未從世俗的此岸，渡至出世的彼岸前的過渡期內，請保佑她們能夠如洪福齊天的轉輪聖王、阿育王那般，做一些有益於佛法、佛教，和眾神們的事務。此外，也請保佑她們能夠修成正果，能夠通往涅槃，能夠事事成功，事事如意。」

價值五百塊的一長串祈禱，讓黛西珍變得口乾舌燥。哎呀，也不僅是因為那五百塊啦，也是因為自己的心意。這些都是自己的老主顧，咳，是老熟人、老朋友。

已經熟識很久了，往來也很久了。我需要買金飾都只會找她，她也只會找我。我不換金鋪，她也不換神婆。黛西珍喝完了一杯水，合十著雙手、閉著雙眼祈福的老闆娘還沒有睜開眼睛，嘴巴仍然在一動一動地繼續祈福。到底還有什麼需要祈求的呢？

「喂，有誰在下面？上來幫忙補充一下熱水，另外再備一盤新的醃茶葉過來。」

鑽石店老闆娘張開雙眼，恭恭敬敬地磕了三個頭。

「生意還好吧，欽埃姐？前一陣子，我還介紹了一個想要買鑽石耳環的男人去你那裡呢。」

「他有來店裡，買了一對鑲鑽耳環。」

「那就是尊神們賞賜給妳的了。」

習慣小聲說話的老闆娘微微牽動了一下嘴角。

「你要幫我祈禱，請他們給更多一些。」

「哎呀，怪不得說是老闆，貪念還真重。你們已經有著一生都吃不完的財富了，知足吧。也只能給這樣了啊。收起貪念，收起貪念，這貪念可是佛祖也不喜歡，神靈也不喜歡的啊，老闆娘。」

黛西珍的嘴巴像機關槍那樣連珠帶炮地發起攻擊，熟知她個性的老闆娘，半張半閉地斜了她一眼。

「嗯，就憑這個眼神，怕是要再找到一個丈夫了，又年輕又帥那種。」

「哎呀，夠了吧。」

像往常那樣，黛西珍口無遮攔地說了幾句，就想把話題扯到男人身上。身為寡婦的老闆娘一邊斜睨著她，一邊站立而起。

「欸，走了。我再讓人送來醃製好的酸蝦子。」

「一定要趕在晚餐之前送來喔。等一下嘛，女兒們不一起來嗎？」

「沒有，我是跟皎宮的瑪瑪她們一起來的，她們也會過來這裡的。」

「哎哎，別裝了，不會來的。瑪瑪她們的師傅是毛淡棉的阿芮，她們只會去那裡，怎麼會來找我呢。」

「哎呀，都說了要來的，她們都跟我說好了，我再讓她們過來。」

「哎唷喂，別，別。都這個年紀了，就別讓我跟人家搶信徒了。我是煎也不想煎，炒也不想炒了。煎煎炒炒賺來的錢，我也不想要了。」

對於黛西珍兇巴巴的態度，老闆娘仍然回以一個半張半閉的斜眼，然後走下了樓梯。黛西珍一邊胡亂地整理著她的紗籠，一邊沒好氣地跟在後面相送。

「明天的『德布耶』祭典要來嗎？不能來也沒有關係，明天是親戚們的祭典，他們會來的。」

「今年有幾個祭典？」

「四個，在考慮弄成五個呢。可以湊成佛、法、僧、父母雙親和師長這五敬。」

人雖然已經收手了，但本事卻不肯收手，於是煎炒的詞彙還是自然地脫口而出。黛西珍不想再煎炒的，只不過是五十、一百那樣的小錢。千位數的錢，能夠讓它從手心溜走麼？再說了，所謂「德布耶」祭典，那可是辦愈多就愈有呢。

「『德布耶』祭典是有錢人才辦得起的。我們是……」

「哎唷喂，走，走，妳趕緊走。不然就要被我說了。」

黛西珍將鑽石老闆娘推送到院子的門外。

院子對面那排擁擠的神壇上，一些小神婆們，用羡慕的眼光看向黛西珍。黛西珍用高傲的眼神，揚起臉來回視那些穿著通紅的神服，臉上也塗抹著一層厚厚的紅色胭脂，並且在神壇上忙著為信徒們扶乩問貝殼卦的的神婆們。

「煎吧炒吧，這年紀就是要煎要炒的年紀，這時節正是要煎要炒的時節。」

一邊走回屋子，黛西珍還一邊照例大聲喊著些有的沒的。

「阿鵬基，晚餐都弄好了嗎？」

負責煮飯做菜的廚房管事偽娘阿鵬基還沒空回覆黛西珍。

「你不覺得自己太過分嗎？現在都還沒到五點。我也知道你昨晚是什麼時候才回來的。這裡還有很多需要做的，還要煮飯招待那些來客，我一個人怎麼做得完？」

阿鵬基站在樓下的入口處，手一直指著人發著脾氣。

「喂，阿鵬基，怎麼了？誰怎麼了？丁丁敏嗎？發生了什麼事情？」

黛西珍站到阿鵬基的身邊，樓下一張大床的一個角落，紗籠穿到胸部，手拿著一個鏡子，胭脂正搽到一半的小偽娘丁丁敏，高高地嘟著他的嘴。阿鵬基的臉色也非常不豫。

「吶，太陽都還沒下山呢，就想要出去了，浪得要死。」

阿鵬基是個為人低調、膽小害羞，且行事規矩的老宅女。卻遇到對面那個年僅十六歲的小浪蹄子。

丁丁敏是鄉下來的小偽娘，叫來為阿鵬基幫忙做點雜事的。他是抱著只要能跟著來當崩的心態，就像一般叫來做點雜事的其他小偽娘那樣，他們跟來的條件，就是你一整天都可以隨便使喚他們，但從傍晚到晚上卻要允許他們外出。在那段時間裡，他們會穿著打扮得像女生那樣四處亂逛，會去跳傳統的鐵門舞，然後還會去找小男生。

「一門心思就想著出去，連洗個魚乾都沒有洗乾淨，全是些沙子。」

「哎呀，阿鵬基，讓他去吧。別說了，我們小時候也是那樣的，比他們還過分呢。在他們這個年紀，我可是一個晚上都不回來的呢。」

因為是個小村姑，所以被黛西珍改名為丁丁敏的伯欽，小臉亮了起來，然後繼續搽他的胭脂。

「霸西哥也是亂鼓勵人家，過不久只怕連老公都要帶上門來了。」

因為是從小相識的老朋友，阿鵬基只會叫黛西珍的小名。看著生氣地斜著眼，嘴巴還一動一動地繼續唸叨著的阿鵬基，黛西珍開心地哈哈大笑起來。

「阿鵬基，我得為你找個丈夫才行。喂，丁丁敏，幫阿鵬基找一個回來。」

黛西珍走上樓梯時，突然在半路停下了他的腳步。

「對了，說到丈夫，那個敏敏還不回來啊。肯定又跟哪個女的約會去了。喂，阿鵬基，敏敏要買的東西多嗎？出門前還說了些什麼？」

「說了啊，說如果太晚就明天早上才回來了。」

阿鵬基冷冰冰的言語，讓黛西珍的內心焦躁了起來。喔，你打算在曼德勒過夜啊。怎麼，是要跟老情人睡嗎？看看吧，跟我卻什麼都沒有說。

邦女郎的火氣慢慢重新燃起。以為我黛西珍是什麼人呢？敢不回來試試看，我就連夜跟到曼德勒去，知道嗎。別以為是為了叫你回來，是為了追過去脫下那些我買給你的東西。

我就知道。從早上就一直唸叨著上街上街的，想要趁機出門去。出去的時候啊，離開了廐的馬、脫離了籠子的鳥兒，出去的動作只怕都要比他慢一些。一定是的，一定是為了和他的女人相見。是準備要把不是真女人的這個老太婆拋下了吧，是這樣的嗎？

拋下吧，走吧。都這麼大的年紀了，不會再像小時候那樣精蟲上腦了。好好地對待人家，人家卻不想留在這裡，自己又有什麼法子呢？去吧，轟轟轟，走吧，嘿嘿嘿，去啊，哈哈哈，走啊。

黛西珍提起紗籠的一角，莽莽撞撞地走進了樓上的房間。正打算打開衣物箱子看一下，才發現箱子被鎖著。放首飾的小箱子，也在那裡面。所有的鑰匙都在他那裡。拿鑰匙的人是他，安排管理事情的人也是他，凡事都是他在做主。

黛西珍疲憊地坐在房門前面。他要是那麼殘忍的話，也由他殘忍吧。是自己把一切都交給他的啊，是自己愛上他的啊。

啊，那個繩子上的，不是他的衣服嗎？來當崩之前才從仰光買的，他非常喜歡的三件衣服。一件要六百塊的衣服，嗯，如果他是直接走了的話，這些衣服是不會留下的。應該是還沒去吧，應該是還會回來的吧。唉，罪孽啊，罪孽。在此之前，黛西珍心中產生這樣的焦慮，已經不少於一百次了。他回家以後才消除的焦慮，可是不少呢。

悲慘的偽娘生命，低賤下賤的偽娘生命。

明明都一樣是男的，自己卻偏偏低人一等。不但凡事都要認輸、要遷就，而且還要照顧好他的生活。唉，業障啊，業障。是因為上輩子犯了什麼通姦罪，所以這輩子才變成這樣不男不女的偽娘嗎？雖然生理上是個男性，但心理上卻全然是個女性，真正的女性。只想像女性那樣吃飯、穿衣、生活。只想像女性那樣說話、唱歌、思考。嗯，也想像女性那樣有一個丈夫。真的，只有自己經歷過，才能明白這些事情。休想用任何方式，將一個偽娘徹底轉變成一個男性。無論你是來硬的，還是來軟的，無論你怎麼做，都不可以、也不可能達成這件事情。所有的偽娘，都是一生下來就帶著這顆心的。只不過是為了種種原因而有所隱藏、隱匿罷了。哎，遇到天時地利人和的時候，這顆心便開花了，開得茂茂盛盛的，任何人都無法阻擋這件事情。

我就親歷過這種事情。小時候為了讓偽娘霸西轉變成男人霸西，父母和親戚們誘哄著買給我一大堆長褲、夾克衣、小男生的玩具、手槍等等東西。但我想要的，卻是洋裝、長裙、女生玩過家家的秤、煮飯鍋、炒菜鍋等物品。大人們誘哄不了，就會罵我、打我。把男性紗籠穿成女性穿的方式要被打，臉上搽脂粉要被打，用秤玩過家家也要被打，身邊的人一直都在打我，但都沒有用。無論怎麼打，我始終都是偽娘霸西。

成年以後，家裡又安排著要娶媳婦給我。霸西我長得白白淨淨的，相貌又有幾分英俊，那些不明就裡的少女們還說我很帥、很帥，非常喜歡我。哎唷喂，不是我在自誇，還有一個仰慕者因為得不到我，所以至今不嫁，甘願成為老處女了呢。這不是很為難嗎？

怎麼可能呢，霸西是真的不喜歡女的，而且是從嬰兒時代就知道伸手抓男醫生的偽娘，怎麼可能接受她呢。

後來家裡只好放棄，我也就開始了自由自在的生活。

我開始跟著其他偽娘朋友們到處亂逛。遇到仰光的這些資深偽娘們以後，村姑偽娘如我也增長了許多知識，開始混跡於偽娘世界裡的同時，心也不知道碎了多少次。情人換了一個又一個，這個不好再換那個。心嘛，第一次碎的時候雖然很痛，但碎過十次以後就不知道痛了，麻木了。當然，在麻木的心裡，偶爾也會有椎心一痛的時候。唉，我的初戀貌基，偽娘霸西的初戀貌基，身為村夫的他，一頭長髮在頭上盤成一個髮髻的模樣，真是相當莊重，相當有男人味。他的身材健壯，可以將他的戀人霸西，刷一下就抱上他的牛車去。成為他的太太以後，我也總是像個孩子那樣被他抱在懷裡。在他的農舍裡面，我們兩個過得可快活了。唉，這種日子過了沒有多久，在消息傳得快的鄉下，很快全村都知道了這件事情。霸西的父母們、親戚們就來舌誅口伐，說得非常過分。霸西的貌基，親愛的貌基，唉，因為感到羞愧，所以就離開了村子，出走到外地去了。霸西只差一點就發瘋了，因為是初戀，所以差一點就發瘋了。唉，現在去到哪裡了呢？也不知是生是死，直到現在我都還期待著。心中的某個角落，仍然存放著貌基。

少年們，少年們，黛西珍的小丈夫們，想到就覺得非常痛心。養他們、倒貼他們，即便他們說想要我身上穿著的衣服，我也會立刻脫下衣服拿給他們。他們卻時間一到就回到了自己家裡去。

拋下我的時候，還把我嫌棄得一無是處。剛開始才不是這樣的呢。貼在身邊又會撒嬌，又會討人歡心的，把偽娘我哄得全身都融化了。

要血、要肉、還是要邦帽裡的錢財，全部倒貼給你，給親愛的你。結果呢，一個月到兩個月，時間都還沒多久呢，就開始反了，本性就開始露出來了，到處尋花問柳了。黛西珍也就開始心懷焦慮了。小男生還不是那樣的，家裡那個小男生敏敏，他還不是那樣的嗎？

想說挺好、挺好的，結果到了第七年也開始想要反了。雖然還沒有人贓俱獲，但不是已經開始有整天不見人影、半夜才回家、太晚就不回家過夜等現象發生了嗎？

這還是要歸功於黛西珍在這七年裡，管他管得嚴，人又夠兇的緣故。他跟我的年紀相差太大了，該愛的要愛，該管教的要管教，該打的時候也還是要打的。

他是珍的。

敏敏是珍的。

他是黛西珍花了五百塊，從他父母的手上永久買回來的。

黛西珍是在上緬甸的一個鄉村裡遇見他的。

七年前，他十六歲，我四十六歲。四十六正是風華最茂的年紀。

所以他才會對我有了興趣。

在祭神典禮裡面，整天盯著我看（後來才跟我說，因為穿著波巴老母衣服的我，實在太漂亮了）。唉，我就別說了，就他那個小模樣，當然是一見就喜歡上了呀。小麥色的皮膚，高大的身材，眼睛圓圓的，眉毛又特別濃厚，梳著的髮型又跟他的眼睛般配的不行。

唯一遺憾的是，他因為家裡太窮，所以身上的衣服太破舊了，破舊到一看他的衣服，就能知道他是個窮人。

真是太可憐了。

我一邊跳神，一邊就想：他是爛泥堆中的一顆紅寶石，如果把他刷洗之後，再給他上一點顏色，那應該就可以媲美電影明星了。

傍晚祭神典禮結束，我一身疲憊地換好衣服，打算下樓洗個澡。哎呀，結果就在樓下看到，正在被祭神典禮的施主使喚來使喚去的他，以及另外一個女人和一個小女孩子。真是太可憐了。

幸運的是，施主讓他過來幫我提洗澡水。哎呀，我才不會花時間拖著呢，都已經喜歡上人家了啊。邦女郎可是雷厲風行的。於是立即就在水井旁邊問：

「喂，你要不要來跟我住？」結果他說了一聲「啊」，然後就大笑了起來。

「不要笑，我是認真的。你要不要跟我走？我會好好照顧你的。你就在我祭神的時候，幫我打點雜，做點事情。」

就這樣那樣的，黛西珍我帶點媚態地跟他說了一番之後，小男生就叫我去跟他母親說，他願意跟我去。

邦女郎我那個高興啊，紗籠穿到胸口，立即跑到他母親那邊去。他的母親就是剛才那個被祭神典禮的施主使喚的女人，那個小女孩子則是他眾多姐妹之一。

跑到那女人身邊之後……

「欸，你這兒子說要跟我走呢，你怎麼說呢？」那女人卻笑了起來。

「不要笑，我是說真的。我會好好照顧你的兒子，好好對待他的。欸，你說，我要帶他走，你答不答應？」結果那女人卻有些迷茫了……

「不知道啊，就看他的意願。」

這時候那個祭神典禮的女施主就說：「珍珍你是想永久擁有他吧？想永久擁有的話，就跟他媽媽把他買了啊。」

女施主又似開玩笑，又似認真地這麼一說，黛西珍就立即有所反應。

「買啊，買啊，我要把他的一輩子都買下來。」一邊說著，我一邊跑上樓，刷地一聲抓了五百塊錢，下來把錢給了他的母親。我還跟她說：「那，從現在開始，你的兒子就是我的了喔，就這樣了。」她的母親拿到五百塊錢，還笑著不停點頭呢。

從那時候開始，珍就擁有他了。珍擁有了敏敏。

他是幫珍打雜的小幫手。他要幫珍準備在祭典上跳神時穿的衣物，並收拾管理好這些衣物。他要幫珍解開頭上盤著的髮髻，戴著的花；幫珍收好金銀首飾，不讓它們丟失。最重要的是，當珍在跳神的時候，要溫溫柔柔地替珍擦拭他臉上的汗珠。

然後，他還是珍的，親愛的丈夫。

珍很謹慎地與他相處了三年。在這期間，珍一直沒有給他任何鑽空子的機會，對他也從來不曾放鬆警惕。

然而就在這三年的時間裡，他用他的善良誠樸俘虜了黛西珍。

在珍的所有工作、錢財、交際等等，全部都能夠信賴他的情況下，唉，黛西珍這個偽娘的心，到底還是肉做的啊。

於是就對他產生了感情。

於是就將一切交付給他了。

凡事都聽他的意見，他的安排，一切都交給他處理。

唉，他們的心也實在是太恐怖了。凡事由他安排還不久呢，就想要吼我叫我了。說是工作，然後就會一整天不見蹤影了。太晚的話，就不會回家睡覺了。他不回來的話，這邊的黛西珍卻是心中焦躁得吃不下、睡不著，只能掐著念珠不停地盼望著，盼望著……

「霸西哥，要準備用餐了嗎？醃製蝦子已經涼拌好了。」

阿鵬基出現在了樓梯口。

「燈也不開，就這樣坐在黑暗裡。飯要在哪裡吃？要送到這裡來嗎？」

「不要送來，我還不想吃。我打算掐念珠呢，不要讓任何人上來這裡，聽到嗎？阿鵬基？」

黛西珍把念珠繞到手上，然後走到面對大路的陽台之上。

「欸，開了燈再去啊。要坐在黑暗裡了呢。我又不知道開關在哪裡。」

知道自己被無緣無故遷怒的阿鵬基，斜了黛西珍一眼，然後去開了燈。

「喂，阿鵬基，敏敏有很多東西要買嗎？」

「多吧，我也不清楚。說是要去幫你找明天『德布耶』祭典上戴的蘭花呢，我不清楚。」

「哎唷喂，要拿找花當理由外宿嗎？當我不知道呢。」

「也不一定就外宿啦。客運到晚上九點、十點都還有呢，還是可以回來的啦。」

「哼，對於想回來的人，當然是這樣的啦。」

阿鵬基一言不發，一步一步地走回樓下去了。

黛西珍則坐在陽台的草蓆上，一邊望著大馬路，一邊開始答答答答地掐起了念珠。

唉，所有焦慮裡面，就數這種焦慮最痛苦。十六歲有這種焦慮，五十多歲了，還是有這種焦慮。連內觀靜坐都做不到了。阿敏啊，阿敏，你還真愛找麻煩給我啊。唉，不想回來就算了，我也只能祝福你。我不會詛咒你的，也不會求助於神靈。都不愛自己了，那終有一天會走的吧，我能有什麼辦法呢。

你把東西都拿走，那我也只能認栽了。有這樣一個道理的，東西是給有緣人的，我不貪戀這些東西。神靈會照顧我，不會讓我餓肚子的。只要你敢坦然地使用、花費神靈給的東西。希望你的妻子，你的後七代子孫和親戚朋友們，能夠坦然地使用、花費這些東西。是的，尊神。奴婢我在不知道也不藏匿的情況下，留下的所有金銀財寶，都是大爺爺、小爺爺以及其他諸位神靈們所賞賜、所擁有的東西。請依照您們的意願安排這些東西吧，處理這些東西吧。

手上還環繞著念珠的黛西珍，朝向神祠的方向磕頭祈禱著。結束後又繼續掐數念珠。都幾點了呢，時間已經不早了。唉，他應該不會回來了。只是這一個晚上嗎？還是永遠離開了呢？

唉，老邦女郎寬心啊，寬心。黛西珍將身體癱倒在草蓆頂端的藤製枕頭之上，飯也不想吃了。要在從前，無論他去哪裡，被派去做什麼，都會嚴謹地依照「我是一定要一起吃飯才可以的喔，看著時間回來」的交代，在吃飯時間準時回到家裡。

阿彌陀佛，阿彌陀佛。佛祖啊，佛法啊，聖僧啊。一邊唸誦著佛經，黛西珍很努力地想要入睡。雙腿也別說有多痠了，整天坐著說話、占卜、煎人、炒人的關係啊。

在為老公找吃的找穿的啊。這也是一種業障啊，業障。

以前一說瘐，就會立即慌亂地來幫忙按摩、幫忙放鬆筋骨的。算了，不想回想他的事了。只有一件事，他不回來的話，我就要因為他的所作所為蒙羞了。那個黛西珍啊，一把年紀了，才被老公拋下了呢。小夥子連他的「德布耶」祭典都不肯等呢。聽說財產也被帶走了呢，……我一定會被那些偽娘們這樣八卦的。哎呀，我可是邦女郎呢。想說什麼就由他們說去吧。嗯，只是不要讓我聽到他們說。不然我可是連他們祖宗十八代都會全部操上的，都給我記著。佛經、嗔念、癡念與瘐痛的交互作用，讓黛西珍的眼皮慢慢變重，才使他瞇了一會兒。

敏敏，敏敏的叫聲。哎呀，他，他回來了嗎？黛西珍不知道自己是如何坐起身子來的。哎呀，確定沒錯，是他回來了。他那低沉的嗓音，就是被狗咬去了我都記得。

「霸西哥，霸西哥，睡著了嗎？敏敏回來了。」

「嗯，知道了。」

黛西珍回覆阿鵬基的聲音，沒有任何異常。然而他聽得到，自己心中的焦慮被逐漸熄滅的聲音。

匆匆忙忙地揉著眼睛，黛西珍從陽台回到了屋子裡。在門口看到很吃力地提著兩個籃子走上樓來的敏敏。

「喂，你這都什麼時候了？」

敏敏神色不豫地將兩個籃子重重地放到地板之上，脫下斜背在肩背上的皮包。

「現在才八點。要買的東西那麼多，找你的蘭花就找了很久，找到我都想死了。在家裡什麼都不知道，就知道怪罪人。」

「欸，找不到蘭花又會怎麼樣麼？我不是有交代你，不方便就不用買了嗎？」

「每次都這麼說。名號打得那麼響，你的『德布耶』祭典要是連朵蘭花都戴不了，那還能看嗎？搭配黃色紗籠的蜘蛛蘭很容易就有，要出去找的是搭配紫色紗籠和紅色波浪形花紋紗籠的蘭花。為了找到紫色的蘭花和白色的蘭花，我都找到蘭花園去了。」

黛西珍除了像女人那樣斜眼睨人以外，完全沒有了聲音。他那志得意滿的臉似笑非笑的，真令人痛恨。真是的，「德布耶」祭典的紗籠都要由他安排，由他搭配，難道就不能穿點自己喜歡的了嗎？尊神。什麼都是他的意願，他的喜好，他的命令，真不想說他的。對人也是高聲吼來吼去的，當家做主了呢。看吧，那神態，跟以前可差多了，差多了。從頭到腳都跟以前完全不一樣了。穿著印度進口的藍色紗籠和藍色條紋的襯衫，還戴著手錶、一兩重的項鍊、戒指和手鍊。不是我老王賣瓜，他長得是真的非常帥氣。

「吼，你看你又來了。邦帽裡的錢也不收拾，就這麼丟著，是嗎？丟著吧，就這麼丟著吧，知道嗎？」

「哎呀，誰也不會拿的。樓上就只有我一個人，誰會來拿呢？」

「嗯，是啊，你雖然在樓上，但不是在陽台睡著覺嗎？這裡的東西被全部拿走，你都不會知道的。」

嘖，說吧，說吧，就他知道，就他曉得。唉，知道先生，曉得大爺。哼，說我在陽台睡覺，我才不是去睡覺呢，是去盼望，去盼望，去盼望著你回來。邦帽裡的錢也收拾不了，想拿的人就全部拿走吧。

「關鍵是路上車子還壞了，肚子餓得要死，你吃過了嗎？」

黛西珍像個女人那樣，柔媚地斜了他一眼。心裡雖然樂開了花，嘴巴卻還有些不饒人。

「你都沒在任何地方吃過東西，是嗎？」

「吼，真是的，我能在哪裡吃呢？」

「哪知道呢，你搞不好就有地方呢。哼，你敢發誓你沒吃過嗎？嗯？」

「吼，肚子已經夠餓了，我不知道，也不發誓。」

就這樣，一說他就會這樣，又是不開心，又是生氣的。

「喂，阿鵬基，我們要吃飯了，送到樓上來喔。那，要先洗澡嗎？快去……」

敏敏沒有再跟黛西珍多說什麼，就下樓洗澡去了。

臉色陰沉沉的，真是非常欠扁的孩子。

從阿鵬基拿來的涼拌醃製蝦子盤中舀了一匙放到嘴裡咀嚼之後，黛西珍的肚子這時才非常餓了起來。

唉，剛剛好像還腸胃脹脹的，什麼都不想吃不想喝的。心啊，心啊。五十多歲的老邦女郎，你就擔待著吧，就承受著吧。

沐浴日

哇高月初十一日

「雖分隔兩地，但仍然在風中，為青梅竹馬的情人祈禱，願他平安健康……親愛的人啊，親愛的人啊，小時候的我們，熟悉的鄉村風俗，如今，如今，你竟捨得遺忘……我只知道我愛你，對你的情意無窮無盡，遠在他鄉的親愛的人……」

在沐浴日嘈雜喧囂的各種聲響之中，一陣一陣地傳出來的歌唱聲，極為哀怨淒楚。

在長長的兩排神壇彩棚之間，慢慢遊走著的哀怨淒楚之聲，但凡聽到的人，都會忍不住停下腳步聆聽。

「紫檀花啊，又開滿枝頭，開得如此茂盛……青梅竹馬的人啊……」

淒楚的歌聲，來到黛西珍的家門前時，便被周圍熱鬧非凡的聲音們埋沒了過去。

前來參加黛西珍於下午舉行的「德布耶」祭典的親戚們，擠滿了整個庭院。屋子裡的樓上樓下，全都是黛西珍的信徒神子神女們。負責宴請他們吃飯的人，直到現在都還不得歇息。

黛西珍正在為「德布耶」祭典開始進行準備，他的四周，同樣擠滿了他的觀眾們。樓下那張大床之上，黛西珍紅色化妝箱裡的各種昂貴化妝品四處散落。親戚中的一個女孩子，正幫剛化完妝、臉蛋嫣紅粉嫩的黛西珍黏貼假睫毛。

「欸，你們早上有看到神靈行沐浴禮嗎？人那麼多，要硬擠才會擠得進去呢。你們有遇到扒手嗎？」

仰著臉蛋的黛西珍，還像往常那樣想到什麼就跟人聊著什麼。

「哎呀，什麼都沒好好看到。澡堂四周圍著的人可不少呢。」

「嗯，我不是早說過了嗎。所以說啊，沐浴日是整個廟會最熱鬧的日子。欸，小姐，這邊的睫毛還不整齊呢。重貼吧，貼緊一點，掉了可是很丟臉的。」

黛西珍在鏡子裡面仔細地調整著他的睫毛。

「哎呀，以前可比現在還嚴重呢。那時候可不像現在這樣在澡堂裡舉辦沐浴禮，是要搭竹筏到河裡行禮的呢。要用轎子把兩位神靈請出神祠，然後再搭乘竹筏下水。

哎呀，那種時候路兩邊的人一邊朝拜著神靈，一邊還要伸手觸碰轎子、進供鮮花、進獻錢財什麼的，轎子都沒有辦法前進。轎夫們只好拿著藤杖開路。哎唷喂，那時候的轎夫們可是很可怕的。在那種時候，對於擋住前路的人，轎夫們無論是杖責開路，還是處死開路，那都是沒有罪過的。轎子上也要有人緊抱著神像才行，那時候的人們誇張到這種地步。不過神靈們到河裡沐浴的時候，還是很讓人懷念的。像現在這樣水位上漲的時候，可就太好玩了。水位上漲的時候，恩主神靈們只需要在港口就可以搭上竹筏，然後其他人就可以划船跟上。水位下降的時候可就慘了，要走進泥濘裡，一直走到有水，有竹筏的地方，才從那裡搭筏出發，前往神樹去。到了神樹以後，附近島嶼和村莊的居民們，才划著船來呈上毛巾、沐浴用的紗籠等物品。那些人都是依照習俗做這些，依照習俗供奉沐浴用品的。現在即使已經不到河裡行沐浴禮了，他們還是昨天晚上就要把東西送到神祠裡，有許多這類遵循習俗行事的人。遵照習俗負責紮竹筏的，負責剖竹篾的，負責拉縴的等等，他們每年都要來的。吶，記著，不要讓自己的習俗被遺忘，要注意維護。嗯，也不要讓自己的老公被遺忘，就這樣。」

像往常那樣，黛西珍說著說著又岔出去了。

又岔到夫妻之間的事情去了。等等又要跟身邊的婦女們聊起這些，然後嘻嘻哈哈的了。

我們小的時候，一旦紫檀花開，就感覺悲傷憂鬱啊，親愛的人……

哀怨的歌聲，令人心疼地傳入黛西珍的庭院裡。

由於歌聲的吸引，黛西珍院子的門被打開，然後「來一下，來這邊一下」的喚人聲也隨之響起。

「珍，那是幹什麼的？」

往眼皮上塗著藍色眼影的黛西珍，回覆他那位搞不清楚狀況的親戚：

「唱歌乞討的人啊，這裡面到處都是。」

那一群歌唱表演者，已經蹲坐在黛西珍院子的門前。

一個黑黑胖胖，年約十四十五的小女孩，把一個用破布綳在陶罐口做成鼓面的陶鼓，放在身前。

小女孩身邊那位哀戚歌喉的擁有者，則兩手各拿著一個響板和一個銅鈴。從她那瘦小的身材來看，年紀大概才十六、七歲的小女孩，還用一條披巾，遮蓋住她低垂的臉孔。

一點都忘不了啊，初戀情人……日月轉換，四季更替，我依然還在到處行走，到處尋找你……

纏綿的聲音和響板、銅鈴的聲音響起之後，陶鼓的聲音，也跟著相應而起。歌聲彷彿小提琴般低迴婉轉的小女孩，將身子縮成一團坐在地上，並將響板和銅鈴舉上她的頭頂。

四季緩緩更替，思念慢慢累積，妾的心裡好焦慮啊，因為愛你，因為愛你，妾已瘋癲成疾……

悲痛哀婉的聲音，讓整個院子裡的人都為之動容，為之感到神奇，並為之安靜了下去。

前往沙漠的路途，儘管艱苦，親愛的，親愛的，情郎的靈魂所停留之處，停留之處……

小提琴般婉轉纏綿的聲音，能夠俘虜住任何聽到歌聲的人。

正安靜地站在浴室門口，小心翼翼地準備著珍等會要戴的蘭花的敏敏，心頭突然一跳。

頂著一臉的濃妝，身上胡亂穿著一條紗籠的黛西珍，從樓下走出來了。他要是像往常那樣，又隨口大喊大叫，那可就要散場了。

敏敏趕緊加快腳步，跟上了踩著重重的腳步走出門外的黛西珍。

尋找親愛的你啊，尋找親愛的你，啊，因為愛你，妾已瘋癲成疾……

節奏聲停下來之後，哀婉纏綿的歌聲也隨之消失。放在地上的空便當盒裡，紛紛落下許多五元鈔票和十元鈔票。

「欸，小丫頭聲音很好嘛，樣子好看嗎？來，讓我看一下臉。」

「黛西珍。」

在敏敏還來不及阻止之前，黛西珍就已經掀開了小女孩遮蓋在頭上的披巾。

沒有人知道，那個瞬間既是敏敏終生難忘的一個瞬間，同時也是那個擁有無辜相貌的小女孩，永生銘記的一個瞬間。

小臉蛋長得很漂亮，很無辜。

黝黑的兩條眉毛之間，一顆黑色的小痣非常明顯。

一雙泛著眼淚的眼睛，楚楚可憐。

「哎呀，臉蛋兒長得挺漂亮的，不要拿披巾把它遮蓋起來啊。說來聽聽，你叫什麼名字？」

「班紐。」

「嘿，你的名字是供花的名字啊。為什麼？因為是來參加廟會的時候出生的嗎？」

「才不是呢。」

黛西珍的聲音，很有破壞力地闖進了正在默唸「班紐」的敏敏的心裡。又在胡說些什麼也不知道他的，小女孩已經很害怕了，聲音都發抖了。

「喂，你不要這樣乞討了，改去當歌星怎麼樣？到劇團裡面去吧。劇團團長你來這邊一下，這個小丫頭，沒有那個可能嗎？有可能就把她帶走吧，讓她去當歌星，也讓她去跳舞嘛。我可以給她一套舞蹈表演時候穿的紗籠，怎麼樣？」

黛西珍的團長朋友微微笑著。害怕黛西珍的小班紐，已經準備轉身離開黛西珍的院子。

「哎呀，等一下嘛，再唱一下啊，小姑娘。」

就在小班紐應院中觀眾們的要求坐回地面的時候，敏敏的聲音很急切地響了起來。

「也不知道他們吃過飯了沒有，看起來好像還沒吃呢。唉，就在這吃飯吧，吃完再唱啊。」

一道目光很快地閃過敏敏身上，之後一個聲音輕輕響起。

「到那邊才吃了。班紐們的奶奶在涼亭等著呢。」

「哎呀，都快兩點了呢。」

「沒關係的。」

「喂，打包一些菜給他們，敏敏。」

黛西珍又朝他大喊。當然要打包的。當然要為小姑娘打包很多菜的。除了招待大家的鷹嘴豆以外，還要打包一些炸雞，然後特別為黛西珍準備的粉葉決明湯也要打包一點。小姑娘一定不知道粉葉決明湯對使用嗓子的人很好，都是人家給什麼她就吃什麼嘛。老天給的嗓音，應該要好好珍惜啊，班紐。

實際上挖礦的人們，都是未來的老闆們啊。如果有一天，挖到價值數十萬的玉石，那就成老闆了啊……

敏敏一邊往灶裡加柴，一邊跟著歌聲吹起了口哨。聽聽，小姑娘連這種歌也能夠駕馭，能夠從哀婉淒慘的唱腔，轉到喜悅歡快的嗓音。是個妖女啊，能夠操縱人心的妖女。

沒了主意只能砸鍋賣鐵，米吃完只能換個老闆的癮君子人生，我也不會讓自己淪落下去。這個礦洞不行，就那個礦洞，上千個礦洞也要挖的挖礦工人……

放錢的便當盒裡，又掉下來許多五元鈔和十元鈔。敏敏將兩張四十五元鈔疊在一起，刷一下丟到裡面去。黛西珍看到可就不簡單了。一定會拉著紗籠，來責怪他不該把自己辛苦煎炒回來的錢，像這樣刷一下就花了出去。

「來，弟弟，這裡有飯有菜，你好好拿著，小心菜湯會潑出去。」

小男孩提著敏敏給的放著飯菜的塑膠袋，然後班紐他們三人走出了院子外面。跟著去關院子大門的同時，敏敏悄悄地交代了幾句。

「我放了粉葉決明湯給班紐，那個不會讓嗓子變啞，知道嗎？」

披著披巾的頭，不知道是點了一下，還是低垂了下去。敏敏只看到頭動了一下，但小妖女卻沒有回過頭來看他一眼。

「敏敏，喂，敏敏。」

看吧，在叫了，這老太婆還真不簡單，一點空閒都不肯給人。

「幹嘛？幹嘛？」

敏敏走到樓下，正塗著口紅的黛西珍合起了口紅。

「什麼幹嘛，把我要穿的衣服拿過來了啊，首飾也一起拿出來。花呢？在哪裡？

包頭的頭巾呢？」

「都在著呢，全都準備好了，你的時間還早著呢。」

「現在都幾點了，也看一下時間吧。」

「快三點了。」

「嗯，請你說說，那還叫早嗎？四點還沒到，就應該在神祠外面的。真是奇了怪了，去，把所有東西都拿到樓下。」

敏敏一離開樓下，就聽到了婦女們的笑聲。敏敏知道，黛西珍又在拿腔作勢地諷刺他了。黛西珍非常喜歡做那種人前不敢表態，人後卻拿腔作勢地諷刺人的女性模樣，而且他會做得比真正的女人還要諷刺。

當敏敏將紫色的絲綢紗籠、乳白色的絲綢上衣、紫色頭巾、紫色蘭花、白色襪子、繡金夾腳拖鞋等所有物品，堆放到黛西珍身邊時，黛西珍又很滿意地斜睨了他一眼。

當敏敏打開盒子取出飾品時，黛西珍正在包他的頭巾。當一個多年以跳神為業的神婆，三番五次地包了又拆、拆了又包他的頭巾時，敏敏就明白了他的意思。

「好了，讓開，讓開，我來包。就你這樣，肯定來不及參加『德布耶』祭典。」

黛西珍的整張臉都發起了光，笑容也堆得滿面。敏敏說什麼黛西珍都不介意了。

他將頭適當地揚起，對敏敏為自己包頭一事，感到非常滿意。他滿意得又是斜眼睨人，又是拿腔作勢的，連敏敏很不情願地為他包的頭巾，已經遮住他的兩邊眉毛，看起來好像包紮著頭部的繃帶，他也假裝沒有看見。

之後等敏敏出去，身邊的婦女們也不注意的時候，他才會很快速地重新包好他的頭巾。他自己包的頭巾，別問有多快，有多漂亮了。身為神婆，這種頭巾，他都已經包過上千次了，怎麼可能不會包呢？只因為想要給他包，想得到他的關懷和疼惜罷了。

「拿著，拿著，珍珠項鍊。要戴紫水晶的話，珍珠項鍊就戴長的吧。那條大金項鍊也要戴不是嗎？」

對於敏敏的安排，黛西珍很滿意地在臉上表現出一副「一切都隨便你，隨便你」的表情。

「喂，幫我戴一下花。」

在一群婦女的哄笑聲中，敏敏要為黛西珍戴花，還要幫他穿好紗籠。

「喂，那些婆娘們，去做好準備。都幾點了？我們出發吧，我的號碼是多少啊，喂？」

「十二，十二，還遠著呢，剛才去問過了，第八號才剛上去。」

「嗯，那就好，那就好。『甘朵布耶』供品、紗籠，還有『嗄多沙』供品，都準備好了嗎？」

「這是我的工作，你就安安靜靜待著吧。」

「哎呀，我才安靜不了呢。」

黛西珍接下來的話語，在婦女們笑聲的鼓勵下，又要變本加厲了。又要胡說八道了。隨便他說什麼，敏敏還是能夠微笑著處理好自己的事情。時間一久，敏敏的皮也變得很厚了。只有在十六歲的時候，還聽不慣這些的他，才會很害羞地從那些婦女們中間逃跑出去。後來也就習慣了，適應了。

「快到十號了，九號已經上去了。」

派往神祠當探子的偽娘丁丁敏略顯慌張的聲音才傳到院子門口，黛西珍家裡的所有人，就馬上動了起來。

穿著紫色的男性神靈服裝，俊俏得彷彿一位男明星的黛西珍，頭一個走出了院門。排隊走在他後面的，是各自拿著放置好「甘朵布耶」供品、「嗄多沙」供品、紗籠和邦帽等各類物品的金色高腳盤，以及托盤的祭典施主們。

大家都盡量穿戴著自己最好、最漂亮、最珍貴的衣物和飾品，以抬高神靈的威望。這等於提高了神靈的神通和權力。

「都脫下鞋子喔，不要穿著鞋子。」

出發前，在敏敏的大聲提醒之下，大家只好脫下為搭配昂貴的衣物而穿著的昂貴鞋子。

神祠上既沒有地方放置鞋子，也沒有人能夠幫忙看顧鞋子。進到神祠裡的時候，拿著鞋子從兩位神靈前經過，又怎麼會合適。所以最好就是不要穿鞋子過去。

從院子出發到神祠的整段路途中，所有神壇上的人都看著黛西珍和他的追隨者們一起前往祭典的場景。沒有能力舉行祭典的小神婆們，一邊在他們狹長的神壇裡算卦賺取來參加當崩廟會的費用，一邊羨慕地望著黛西珍。

黛西珍他們來到神祠側門口的時候，第九號的祭典已經結束，並且已經從前門離開了。第九號離開以後，側門才會打開來，讓在一旁等候的第十一號從側門的階梯進入神祠。這時候在神祠西側做好準備的第十號，已經來到神祠東側的兩位神靈跟前了。

通往神祠西側的門口，由當值的神祠管事家族中的族人負責看守。除了即將舉行祭典的神婆及他的夥伴們以外，任何人都不能進入到神祠中，而且要經過審查才能進去。

第十一號進去以後，神祠的側門就立刻重新關上。排在第十二號的黛西珍等人，就在側門的階梯口等候進去。

站在階梯口的當下，黛西珍合十起雙手向神祠附近的神壇彩棚行禮。神祠附近的神壇彩棚裡，住著王妃們、資深神職人員們，以及戴邦帽的官員們。這周圍的神壇彩棚，可以說是 VIP 神壇彩棚。但大家也不是免費得到場地，一樣要交場地費用，一樣是一間彩棚兩千塊錢，只不過位置要好一些而已。位置好，來求神問卜的人自然就會比較多。王妃們不去神祠的時候，一樣要替人算貝殼卦。戴邦帽的官員們也是如此。不算卦不求神，錢又要從哪裡來呢？

「媽咪好漂亮呀。」

哎呀，還以為是誰呢，原來是毛淡棉的盛瑪瑪，妝扮得可是閃閃發光的呢。

「嗯，你也很漂亮啊，像那個女明星，那個誰，什麼波的，喂，幫我說一下。」

黛西珍可又來了。旁邊的人喊了聲「吞恩達波」，他才說：

「嗯，就是像那個女明星，盛瑪瑪，你是第十三號是嗎？」

「是的，媽咪。」

盛瑪瑪一邊向黛西珍合十雙手行禮，一邊回答著。就像黛西珍說的那樣，盛瑪瑪無論是妝容還是髮型，都模仿著吞恩達波的裝扮。就連他大笑、微笑及說話的樣子和姿勢，也全都模仿著吞恩達波，因為盛瑪瑪要取悅的是一位女性神靈，所以穿著女裝，要舉行的是「卻布耶」[18]祭典。而像黛西珍他們要取悅男性神靈（吳敏覺）[19]的，則是舉行「德布耶」祭典。喜歡舉辦哪一種祭典都行，可以各自依照自己的長處選擇。

以前的話，「卻布耶」和「德布耶」之中，取悅女性神靈的祭典，就會少收一些場地費。現在全都一樣了。論進獻的食品，他還要準備更多呢。還要另外為大姐神（瑪芮當）準備油飯和炸魚。另外，從前取悅女性神靈就可以多用一些時間。娛樂女性神靈的舞蹈會比較多嘛。至少可以用半個或一個小時，現在則不行了，來舉行祭典的人太多，就跟取悅男性神靈們的祭典一樣變成了十五分鐘。

跟在盛瑪瑪後面的人也不少嘛，穿著打扮也是非常時髦。嗯，盛瑪瑪本來就是個不簡單的偽娘，是這兩三年內名氣上升了許多的女鳳凰呢。年紀大概才四十多吧。舉辦「德布耶」祭典的時候，能夠像這樣排到好號碼、好時間，是真正的 VIP 才辦得到的。每天可是有八、九十場祭典在舉行呢。

能夠在祭典開始的下午三點，到晚上八、九點之內這段時間進行祭祀的神婆，才是真正有名氣的VIP神婆。號碼排到七、八十號，半夜以後才能夠進行祭祀的神婆，則是過氣的，或是沒有名氣的神婆。沒有觀賞自己的觀眾，要和清晨出來賣蒸豌豆的小販一起進神祠的神婆。

「哎呀，珍，是假裝成男人的珍啊。」

「唉唷，我需要假裝嗎？其達亞[20]的壞女人。」

黛西珍和來到神祠的其他十四、十五號神婆們互相叫喊著。一邊比較著各自的穿著，一邊等候著進入神祠的滋味，只有參加過「德布耶」祭典的神婆們才能體會。就是這個滋味了。大家一整年煎炒著賺取祭典的費用，就是為了感受這個滋味。

「十號快結束了喔，十號。」

敏敏站在神祠的側門口提醒黛西珍他們。黛西珍豎耳一聽，果然，取悅覺爺爺的

18 緬語「卻」有「哄勸」之意。「卻布耶」祭典，即哄神明開心的祭典。
19 吳敏覺，又被稱為覺爺爺、覺大哥、敏覺沙、布堪吳敏覺等名稱，是緬甸著名的男性神靈，以好酒、好鬥雞聞名。
20 緬甸古城名。

雙頭鼓樂聲已經響起了，第十號就要結束了，結束以後黛西珍他們就可以進到後門去了。

「所有人，所有人，請檢查自己的團隊。不要讓不相干的人進去。請檢查自己的團隊。」

這種事交給敏敏就可以了，值班的神祠管事人員都不用開口。他是老大，他跟那些管事人員是一夥的。因為他已經在側門占好了位置，所以想讓多少自己人進去都可以。否則那些管事的還會因為人太多而要求減少人員呢。

「好了，來，來，大家來。」

十號一離開神祠，側門就馬上打開了。在敏敏的號召之下，黛西珍一夥人很快就進入了神祠。

「喂，喂，那人是誰？為什麼擠進來？讓開，讓開。」

清楚自己人的敏敏一叫，努力插隊的人才站到旁邊去。神祠管事們對這類事情要非常小心。舉行祭典的時候，不讓不相干的進去是很重要的一件事，神祠裡已經發生過許多麻煩事了。

黛西珍一群人一進到神祠的西側，就有值班的神祠管事家族中的婦女們，前來檢查他們的供品齊不齊備。「甘多布耶」有帶嗎？「嗄多沙」供品都準備齊全了嗎？紗籠布是三匹嗎？披巾是六條嗎？……等等。檢查完以後，他們就會把供品移到他們的盤子裡。不移也不行，如果都用各自的盤子，那祭典結束後還是要移，根本沒時間那樣處理。所以在後門這邊，就要用神祠的盤子放置好、裝好一切供品。自己家裡帶來的托盤什麼的，要由一個人負責拿著，不要放在這裡那裡。這種時候誰都不能幫你負責看守物品。

一個值班的神祠管事家族中的肥胖婦女，伸直雙腿坐在地板上，抱怨著自己的疲勞和辛苦。這還是他們家族的人口很多，大家都輪流值班呢。神祠管事家族的人不少，可是職務跟人力依然不成正比。不是管事家族中的人，也不能處理這些事情。只有管事家族的血脈，才能負責處理神祠的事務。

「要拍照就拍啊，快一點。」

敏敏又號召起黛西珍和那些施主們。得到神祠許可拍照的攝像機鎂光燈，在神祠後側閃個不停。這裡不准帶相機進來，只能用神祠裡的相機進行拍照。想錄影也可以，想錄影的話，在繳交場地費的時候，錄影費就要一次在神祠全部付清。

黛西珍一夥人才拍了五六張照片，就聽到前面第十一號的雙頭鼓聲了。

「喂，快，快，拿好『甘朵布耶』供品，『嗄朵沙』供品也全部排好。喂，你去前面啊，在那幹什麼？」

敏敏慌著做好一切準備，打扮得非常男性化的黛西珍，則滿足於可以嬌媚地、裝腔作勢地斜睨他幾眼。

「十一號結束了，進去，進去，快點進去。」

敏敏在最前面領著大家往前。當黛西珍他們來到神祠東側的兩位神靈跟前時，十一號的「甘多布耶」、「嗄多沙」等供品，已經送到神壇一側的房間裡去了。它們被很快地移到堆滿芭蕉、椰子及「嗄多沙」供品的房間裡。

黛西珍一到兩位神靈前（第十一號還在神祠前的階梯上呢），塞恩樂團就馬上開始奏樂了。沒有時間啊，時間。後面還有很多祭典呢。

黛西珍立刻向坐在兩位神靈前的王妃們拜了拜，然後就馬上開始祭拜各位神靈。祭拜完神靈以後，音樂馬上一轉，覺爺爺開始跳鬥雞舞吧。

瑞堪的敏覺，帶他騎上馬，嘿，嘿，嘿！

祭典的施主將一疊三千元的鈔票，放進黛西珍跳鬥雞舞時使用的鬥雞缽裡，一起來的其他觀眾們，也跟著將紙鈔放入其中。

他們站在黛西珍即將鬥雞的走道兩側。從神像前方開始，左右兩側都圍著鐵欄杆，欄杆裡只有戴兜帽的王妃們、戴邦帽的官員們、神祠管事家族的成員們，以及前來舉辦祭典的神婆和他的同伴們。任何不相干的人，都不能進到欄杆裡面，呃，兩個負責保護安全的警察，倒是可以在裡面的。

分別圍著左右兩側的欄杆盡頭，有塞恩樂團。樂團的後面，則有一扇關閉著的鐵門。鐵門於祭典開始的下午三點鐘被關閉，想要觀看祭典的人，只能從欄杆外面看，想要供花給兩位神靈的人，那個時候也只能從欄杆進獻，不能進入到神靈跟前去。

瑞堪的敏覺，帶他騎上馬，嘿，嘿，嘿，嘿……

看到黛西珍鬥雞缽裡溢滿而出的紙鈔，機靈的歌手就「嘿，嘿，嘿，嘿……」地嘿個不停。一看就曉得，戴邦帽的吳霸西，錢多的黛西珍，當然要嘿個不停啦。否則啊，遇到那種沒錢的，沒名氣的小神婆，就只有「瑞勘的敏覺，帶他騎上馬，嘿」而已。只有一聲「嘿」。哎呀，遇到會出錢的神婆的話啊，就會這樣「瑞堪的敏覺，帶他騎上馬，嘿，嘿，嘿，嘿……」地，就是這個樣子。

來啊，來啊，來啊，來啊……

「唷」，「來啊」也重複個不停。黛西珍要用鬥雞缽奉獻三缽錢。前面奉獻給兩位神靈和神祠的兩缽，最少要有四千塊錢。一缽至少要有兩千。祭典的施主倒是每個缽都給三千，加上一起前來的信眾們的捐獻，每一缽都有三千多。

管事家族的一個婦女負責收錢，她手中的蛇皮口袋已經快滿了。這還都只是第十二號而已。清晨時刻所有祭典都結束的時候，五六個蛇皮口袋都是滿的。所以才要圍著鐵欄，安排著警察保護安全。

來啊，來啊，想跟去的人，來啊，想跟去的人，來啊，覺爺爺在呼叫呢……

把最後一缽錢給了塞恩樂團之後，黛西珍就要給左右兩邊的鼓手各五百塊的辛苦費，然後開始跳舞了。

嘿，嘣，嘣，神祠裡的鼓……

看著黛西珍給的辛苦費，整個樂團跟著雙頭鼓合拍的吶喊聲，響徹了整個神祠。要這樣響，黛西珍才會喜歡的。要給，要給錢，要給打鼓費。拿著啊，歌手們，拿著啊，樂師們，拿著啊，保全們。

黛西珍撒光了所有剩下的錢，想撿的人撿吧。被風吹到鐵欄外面，那就給外面的人去撿。

在神祠的祭典上，不能拿走任何東西，一切都要留在神祠裡。神婆得到的不過是穿著上神祠的紗籠以及能夠進入神祠的名聲，僅此而已。一些神婆倒是會動手腳的，邊跳著舞，邊趁人不注意把錢夾在自己的紗籠裡。我小時候也動過手腳啦，現在就算了，貪也沒那麼貪了。而且這時代沒什麼祕密的，很丟人。去年一個神婆以為沒人注意就那樣做了，結果因為有錄影，所以在錄影帶裡面被看得很明顯，唉，真丟人。

「好了，來，來，離開吧，大家都從這邊離開。」祭典時間有多久呢？應該不像別人那樣只是十五分鐘而已。珍的話，一定是比人家多著五分鐘的。打鼓費的面子啊。到了夜裡，沒有打鼓費當面子的人，可是九分鐘、十分鐘就被拉下去了呢。

「喂，吳霸西，吳霸西！」

剛走到通往神祠東側的小鐵門前時，黛西珍斜著眼回應了敏敏生氣時會發出的警告聲。哎唷喂，我的老爹，知道了。黛西珍將腰帶解下來圍在脖子上面。因為要走到外面的人群裡了，所以要為金銀首飾做好安全防護。

曾經發生過的。在這種離開的時候被搶走，又或是像剛才那樣鬥雞、撒錢時，如果有外面的陌生人跟著來，也會像自己人那樣靠上來，趁機偷走項鍊什麼的。自己因為跳得很投入，根本就不知道發生了什麼事情。

對於珍而言，在這些地方就可以仰賴敏敏。舉辦祭典的時候，他從來不離開老婆身邊。又擔心，又照顧。

「噁，噁，大哥好暈啊。」

從神祠出來，剛要轉彎前往家裡的時候，黛西珍就立刻拿下了圍在脖子上的腰帶，然後發起了酒瘋。

不停打著酸嗝然後附身到別人身上的覺爺爺形象，是黛西珍的獨創形象。這意味著黃昏時會乾嘔的覺爺爺的魂靈，沒有留在神祠，而是繼續附著於他的身上。這是黛西珍在祭典結束後常做的事情。意思是覺爺爺太喜歡宿主，所以跟著回來了。

「喂，喂，在木榻上鋪好毛毯。」

敏敏在家門口慌張地大聲呼喊。從祭典回來，帶著一身的大汗，黛西珍是應該在屋子旁邊酸角樹底下的木榻上休息。

「請，覺爺爺，這邊請。」

「嗯，呈清水來給你爺爺。」

為塑料瓶裝的飲料放好吸管，敏敏把它拿到跟前。祭典的女施主正在為覺爺爺搧扇子。

「喂，侍從們，跟在本神的身後，本神還要去另一邊的小神祠，去玩樂一下呢。」

「是的，會跟您去的，尊神。」

黛西珍從木榻上跳下來，舉起了飲料瓶。

「來啊，爺爺的子女們，所有隨從們，本神還要去必樂彬神祠玩樂呢，要一起去嗎？」

「要去的，尊神，要去的。」

院子裡的所有人都合十著雙手高聲回應。

「嗯，去完必樂彬神祠，去六隻手神祠，然後再去我的神祠，覺爺爺的神祠，走吧。」

大家高喊了一聲「嘿」，然後拍起了手掌。覺爺爺黛西珍則嗯嗯地打著酸嗝，帶頭出門。

「來，弟弟，扶著哥哥。」

覺爺爺靠倒在敏敏身上，年紀變大是有點累了。到那邊的小神祠還要再跳躍呢。

整個廟會廣場都被神祠的樂聲所淹沒。廟會的所有小神祠都有各自的禮樂樂團，因為小神祠裡也有神婆們來舉行祭典。還沒有能力到大神祠舉辦祭典的小神婆們，會在小神祠舉行典禮。在小神祠舉辦祭典的費用，沒有在大神祠舉辦的那麼高，只在三千到五千之間而已。也不像大神祠的祭典那樣，需要準備紗籠布什麼的。只需要有「嗄多沙」供品。場地費的話，倒是跟大神祠那樣也需要給，不過給的沒有大神祠多。場地費只要五百，鬥雞的費用跟奏樂的辛苦費則需要兩千。小神祠裡也有神祠管事家族。只有這些家族，有權處理跟神祠有關的祭典及其他所有事務，也有權擁有一切。比大神祠的祭典好的一點是，小神祠的祭典可以得到更多的時間。一位神婆大概有兩個小時可以使用。兩個小時的話，可以盡情地祭神娛神了。

像黛西珍這樣在大神祠舉辦過祭典的神婆們，結束了大神祠的祭典之後，還會到各小神祠來舉行祭典，來開心玩樂。在敏敏心中，小神祠們就好比潑水節的那些小舞台，知名的禮樂樂團和知名的歌手們，在唱著知名的歌曲。因為知名的神婆們，會在這裡輪流進出各個神祠。每個神婆都貪戀這樣的滋味，貪戀地快樂和開心。黛西珍甚至還要扭著身體開心呢。從大神祠的祭典就附在身上的覺爺爺，帶著他的各個隨從，進出各個神祠玩樂著。

敏敏也覺得很開心。敏敏也很喜歡在各個小神祠間亂逛的滋味，很喜歡祭典的施主們，以及其他隨從者。因為可以無拘無束地玩樂，無拘無束地開心啊。作為成功完成大神祠祭典的慶祝，大家就無拘無束地快樂吧。

在小神祠裡，敏敏可以喝酒，可以喝到大醉。祭典的施主們也醉了，大家都很開心地醉了。

看啊，在必樂彬撣族兄妹神祠的彩色燈光下，大家都那麼美，那麼迷茫。所有人都準備好要放飛自己的心靈。

嘿，來，來，來啊，覺得無聊嗎？去唱歌吧，去兩位王子的節慶。節慶上互開玩笑，開心，開心，非常開心，親愛的你別生氣喔，因為這是習俗……

神鼓聲具有穿透到人類動脈中的魔力，能夠讓人的心變得興奮激動，還能夠激起大家的愛人之心。醉醺醺的敏敏和神祠中的一個小女孩，緊貼著彼此的側身。在喜愛神靈的人們熙攘擁擠的當下，又有誰能怪罪誰呢？也沒有人會怪罪任何人。而且還增加了許多不但不會互相怪罪，反而增進了愛情的人們。敏敏當然知道這點。知也知道過，遇也遇見過。

看那邊，祭典施主們中的一個男人，正試圖將一些九十元的鈔票，放進小女歌手的衣服胸口作為獎勵。小女歌手也在微笑著接受這些醉意盎然的目光，同時很乖巧熟練地將紙鈔放入自己的衣服。一個年紀輕輕的鼓手，和觀眾群中的一個小女孩，也在醉醺醺的目光當中往來得宜。

黛西珍身後一個等著跳舞的，穿著女神服飾的偽娘神婆，則小心翼翼地攙扶著一個醉得東倒西歪的少年，試圖將對方擄獲住。

嘿，金笑容，銀笑容，廟會當崩……笑不完的，我們上緬甸的廟會，想邀請你前來參與……

神祠中到處飛舞著某人撒下來的紙鈔。一個擠一個地拾撿嶄新的一元與五元鈔票時，發生了一些牽牽扯扯的事情。一個女孩子握著五元鈔票的手，被敏敏握了好久。喝醉酒的祭典施主，硬要去搶一張掉在一位婦女胸前的一元鈔票，那位婦女也是笑著鬧著。

覺爺爺黛西珍跳躍著的同時，不停地斜眼盯著玩得很嗨的小丈夫。敏敏假裝沒看到老太婆，只想努力玩得開心。偶爾會原諒的吧。就讓他愉悅地觸碰一下真女人的肌膚吧。雄性與雌性接觸後所產生的愉悅感，是大自然所給予的，知道嗎？人不該長時間地違反自然生活。不應該如此。你是永遠不會了解這些的，老邦女郎。

「好了，爺爺要回去了。我看啊，在這個神祠裡待久一點，宿主的老公就有被搶走的機會了。」

雖然觀眾們放聲大笑，但敏敏卻笑不起來。帶著一個苦笑，他趕緊走出了神祠。

在大方地讓自己觸碰肌膚的少女面前，他該用什麼臉來面對她呢？這種事情對敏敏而言已經是家常便飯了。黛西珍經常會在人群中宣示他的主權。對於他而言，他是因為愛，才要叫得讓四面八方的人全都聽見。但就敏敏而言，除了覺得害臊，還能怎麼樣呢？

大半夜時，他也只能在村子的外圍亂晃著等待月出。也請對鄰居們感到抱歉啊，親愛的。覺大哥來的時候，因為會帶著棕櫚酒來，所以我都羞得不敢來到前廳啊，親愛的。白天也醉，晚上也醉，真是奇怪啊，多金的覺大哥……

黛西珍剛走到打算最後進入的布堪神祠時，立刻就被現代的覺爺爺歌曲所迎接。布堪神祠附近，與覺大哥氣味相投的，各個年齡層的兄弟們，正在搖擺著身體跳舞。

布堪神祠的管事慌忙過來迎接戴邦帽的黛西珍，並為他的隨從們安置好座位。禮樂樂團的鼓手，也一邊打著鼓，一邊和黛西珍打招呼。

嘿，嘣，嘣，嘣……

在黛西珍前面跳舞的神婆，趁著鼓點到處向必要的人發放辛苦費的同時，還給了資深神職人員黛西珍一張四十五塊錢的鈔票，祭典結束後也拜了拜黛西珍。

安靜，全國上下，仔細找尋，眾生所知的，王者敏覺沙。消息紛紛而來，人民不會再搞錯，未來的神佛即將蒞臨，宮中的神鼓請奏響，王者出場的鼓音……

因為王者即將出場，所以說是王者出場的鼓音，這是樂師的機靈之處。因為已經知道來小神祠跳舞的宿主——布堪王的威望，所以樂團團主自己親自拿起麥克風了。

是的，是爺爺啊，尊神。是爺爺啊，尊神。醉了才顯靈，顯靈了才醉的布堪覺大哥啊，尊神。

依照黛西珍獨創的姿態，嗯嗯嗯地打著酸嗝的同時，覺爺爺也開始附身。覺爺爺一附身，「嘿，嘿，嘿……」的高喊聲，也覆蓋了整個布堪神祠。脂粉通紅，唇膏也通紅的小女歌手，很熟練地拿起了麥克風。

雖說親愛的他長得英俊，但卻不懂得為人相公的責任，請將自己活得有些尊嚴……

小歌手嬌媚地將食指指向覺爺爺時，隨從們滿意的「嘿」聲也隨之響起。喏，起來了，一位搖搖晃晃的隨從，即將獎勵小女歌手。

據說黃昏的時候，他喜歡喝棕櫚酒。從日出到日落，他都在鬥雞。覺大哥，你真的很過分……

小歌女的姿態愈來愈豐富，獎勵她的人，也愈來愈多了啊。

算我求你了，大善人。堅持說鄰裡鄉裡，沒有你就不會熱鬧的，親愛的你，玩樂請減少一些，喝酒請減少一些，拈花惹草也請減少一些啊，大信徒覺大哥……

音樂似乎愈來愈歡樂，鼓手也不停地點著頭賣力演奏著。鼓手盛伯倫當然要賣力點啦，覺爺爺要鬥雞了呢。正在用他的鬥雞缽，為神婆的小丈夫化鬥雞用的錢呢。光看一眼，盛伯倫就知道那會是個上千塊錢的缽。他在布堪神祠打鼓謀生都有二十年了，光看一眼，就能夠知道那是上千塊錢的、上百塊錢的，還是其他的了。

當然要知道啊。盛伯倫不知道怎麼行。這個鬥雞缽可是他的生命，缽裡面的錢夠多，盛伯倫才能呼吸得比較順。缽裡的錢愈多，盛伯倫的鼓聲就會愈響亮。

從缽裡三次捐出的錢，都是給盛伯倫他們樂團的。剩下的辛苦費，才是神祠住持、神祠管事及神祠中其他相關人等的。

鬥雞費、磨刀費、補船費等等，實際上都只和盛伯倫他們有關係。神婆不能扣下這些錢。除了鬥雞的費用，還有瑞剛夫人、葉因嬤嬤及郭謬新等神靈的磨刀費，以及兩位王子的補船費。這些全部都是只跟樂團相關的費用，神婆和神祠住持及管事們卻想要扣留。怎麼能讓他們扣呢？他們已經拿到場地費、辛苦費、祭拜費這些了啊，也要給盛伯倫們留一點嘛。他們又不是免費進來奏樂的，是向神祠住持及管事們繳了錢才能來奏樂的啊。

依照傳統，祭拜布堪神祠的費用，要給五百。捐給神祠雜務用的費用是一千，這是為了七天的廟會繳的。在這七天裡，盛伯倫他們可以得到所有前來這個神祠舉行祭典的神婆們手中的鬥雞缽中所有的磨刀費、補船費，以及額外的慰勞費。

錢是賺到一些的，畢竟是布堪神祠嘛，絕對不會變成沒有人來祭祀的寂靜神祠。就算沒有來祭拜的人，布堪覺大哥也會領來一些醉鬼的。錢是會賺到的。但是自己這邊也是有很多支出的啊。同伴們的餐飲費、零食費之外，也還希望能讓自己很豐厚地賺上一筆的嘛。喏，來回運輸樂器的車費就是三千五，餐飲費三千五、四千。加起來自己的成本就有大概一萬多塊錢。

以前哪需要給這些費用呢。整個村子裡，有資格到所有神祠打鼓的，只有一個人——伯星。兩位王子所選的鼓手伯星是誰的徒弟呢？是盛貝打[21]的哥哥，勝師父的徒弟。

誰繼承了伯星的衣缽呢？是伯星的姪子吳必（必師父），又被稱為蕩其貌。因為他的雙親，是吃了尚未修得正果的瑜伽行者之肉的仙人，所以他又被稱為偉沙必[22]。

那時候村子裡的神祠怎麼可能像現在這麼多呢，整個當崩村原先就有的神祠才一點點而已。七位家宅神的神祠、兩位王子的祕書嘎葉多基的神祠、曼德勒爺爺的神祠，吳姐姐的神祠、西多嬷嬷的神祠，就這樣而已。

後來才出現了許多新的神祠。德來覺神祠、布勘神祠、必樂彬兄妹神祠、必甘多兄妹神祠、葉因嬷嬷神祠、郭登新瑞納貝神祠、南嘎讓神祠、伯第兄妹神祠、達拜老母神祠、瑪芮當神祠、伯紐神祠、戴南新神祠、瑪尼西杜神祠、達寧爺爺神祠、土地神祠、卡噻爺爺神祠、郭謬新神祠、布蕾因神祠等等等等……每年增加一個神祠，全國上下所有的神祠都齊聚在當崩。

神祠增加的原因很明顯。當崩廟會日益熱鬧，以致成為全國性的廟會時，所有依附於廟會的人，都能夠謀取衣食。於是想成為神婆的人就變多了。尤其是那些偽娘們，那些並沒有被真正的神靈遴選入後宮的，假的神婆們。大家都依照各自的理解拆分所得。像盛伯倫他們的布堪神祠，第一天所得全歸神祠住持。月圓後第一天，專為恭送布堪神靈而演奏的那一天，所有所得都歸神祠管事。

廟會變熱鬧以後，不僅想當神婆、神祠住持及神祠管事的人變多，就連想來奏樂

21 盛貝打（一八八二～一九四二），緬甸知名鼓手。

22 「偉沙」即緬語仙人之意。

的人，也多得沒有道理了。於是就開始了繳費奏樂的規定。唉，哪一個神祠得到的會比較多？得比較多的那個神祠，就產生了互相爭搶著繳費的情形。不過那時候繳的費用，怎麼會有現在多呢，一點點而已。從前在這布堪神祠奏樂的樂師吳丁昂，那時候演奏五天也只需要給一百塊錢。因為要等兩位神靈行過沐浴禮之後才能開始奏樂，所以只能演奏五天。那時候兩位神靈行完沐浴禮回到神祠以後，整個廣場裡的樂團們才敢開始奏樂。為了打探兩位神靈是否已經回到神祠，還要專門派一個人去。現在可不一樣了。沐浴日早上天一亮，廣場裡的奏樂聲，就熱鬧得不行。

後來各樂團因為互相爭搶演奏權鬧得很僵，於是大家又組織了一個「神祠禮樂樂團齊心協會」。那時候正是年輕僧侶們負責管理廟會的時候。就在上緬甸曼德勒的禮樂樂團們還在互相爭搶的時候，下緬甸仰光地區的禮樂樂團們也來到了廟會。怎麼可以嘛。所以「神祠禮樂樂團齊心協會」就向僧侶們進行抗議，仰光的樂團們立即就被趕了回去。從那時到現在，仰光的樂團就不准在廟會裡演奏。僧侶們還為大家規定好了價格，每年廟會的演奏費定為五百塊錢。

不容易，不容易。在知名的神祠裡，競爭是一直都存在著的。賺錢的神祠、有威望的神祠，競爭自然就愈多。神祠們各不相同。有因人而有威望的神祠，有因神而有威望的神祠。

有錢的、有名望的人們信奉的神婆喜歡去祭拜的神祠，就是因人而有威望的神祠。這種神祠得到的錢自然會比較多。盛伯倫所在的布堪神祠，是既因人有威望，也因神有威望的神祠。覺爺爺也從不讓盛伯倫去到其他神祠，一直把他留在身邊。

人們問在神祠奏樂謀生的盛伯倫，你相信神靈嗎？

相信，盛伯倫相信。盛伯倫以前沒有自己的樂器。到了這個神祠以後，他買了樂器，買了房子，脫離了租房子居住的生活。如果盛伯倫還不相信神靈，還有誰能夠相信神靈？喏，八八學運那一年，所有樂團回到曼德勒都要到處典當戒指、金飾和樂器，盛伯倫手頭上卻還剩差不多五千塊錢，沒有造成生活上的困境。盛伯倫在布堪神祠演奏的二十多年裡，從來沒有虧本回家的紀錄。都是賺了錢回去的。去年更是破了紀錄，賺了三萬多塊錢。平時只是賺一萬五、兩萬塊而已。

所以盛伯倫每天晚上都要拜過覺大哥和兩位王子才會入睡，因為他們保佑盛伯倫啊，盛伯倫感受得到這一點。

喔，正說著呢，鬥雞缽就來到盛伯倫的懷裡了。好多兩百元的紙鈔啊。拿了錢之後，盛伯倫恭恭敬敬地將缽還了回去。

「喂，這樂團是誰給的？」

「是爺爺給的，尊神。」

「你又是誰的徒弟？」

「是覺爺爺的徒弟，最忠實的徒弟，尊神。」

「嗯，爺爺會賞賜你的。好，就讓盛伯倫和爺爺兩個一起，兩個一起，嘣……」

嘿，嘣，嘣，嘣，嘣……

盛伯倫毫不留情地用雙手敲打著雙面鼓，黛西珍照往例在每個雙面鼓上，各放上一張四十五元紙鈔。盛伯倫佈滿汗珠的臉上充滿了笑容。請多給一些吧，爺爺。請保佑我能買輛樂團用的車吧。另外也請為我擺平所有競爭對手，讓我不需要離開這個神祠到其他地方去吧。

從一疊嶄新的一元鈔散出來的紙鈔們，在整個神祠漫天飛舞，甚至飛舞到樂器上面。盛伯倫早就已經知道這位神婆的脾氣了，挺大方的。因為門徒也是多到允許他大方啊，可是一年要舉辦五六次大神祠祭典的神婆呢。

有些神婆們也是非常稀奇。想當神婆，想舉辦祭典，想得都要發瘋了。但又嘴巴慢、出手慢，各方面都不行。來神祠舉辦祭典，但是鬥雞缽裡面卻只放一百、兩百塊錢，有的甚至只肯給樂團二十五塊錢。這種時候盛伯倫就只好拿起麥克風當一下壞人，說一些這樣的話了：「喂，神婆，你可不能這樣欺負我盛伯倫。我可不是因為快樂，所以在你跳舞的時候，為你伴奏伴得汗流浹背的，懂嗎？我是因為想賺錢所以才來演奏的。因為想要獲取相對的利益，所以才來演奏的。你的二十五塊錢，我能拿來做什麼？過來，來我這裡放三百塊錢，一分都不准少。不來放之前，你就不能離開這個神祠。你要是膽敢離開，你就會見識到我的本事。」

這樣的神婆，請別讓我遇見、碰到吧。請讓我時常遇到像現在這樣，能夠花錢如流水的神婆吧。這樣的神婆一天只要來個五、六位，盛伯倫就盆滿缽滿了。

黛西珍一邊跳躍著，一邊將食指和拇指比成一個圈，告訴正在賣力演奏的盛伯倫夠了時，盛伯倫就趕緊結束了音樂。

黛西珍合十著雙手，癱倒在小丈夫的手裡。老太婆不知道是累了還是醉了，他喝得也挺多的。老偽娘被神靈附身時所表現的男人氣魄都已經消失，很嬌媚地依靠在丈夫的肩膀上。一晃一晃地離開神祠時，他的嘴巴裡還照例大聲地胡言亂語。

「喂，前面那閃閃閃的是什麼？」

看吧，他這是絕對是故意的。他明明看得到對面前來舉辦祭典的小神婆的服飾。

「喂，敏敏，那到底是些什麼？」

「哎呀，你明知道的。到大神祠去舉辦祭典的神婆，你難道沒見過？」

「喔，喔，挺可憐的，挺可憐的。你看他那樣，因為太激動，都需要人在旁邊攙扶著。都這樣的啦，剛開始都這樣的，我那時候也是這樣的，嚇到腿都抖得……」

也不怪黛西珍想說他。小偽娘神婆激動得臉都只剩下巴掌那麼大了，需要旁邊有兩個人攙扶著走路。光看時間，就可以知道是位第一次舉行祭典的神婆。都到晚上了啊，號碼怎麼可能好呢。看樣子，怕是還不到自己的號碼，就心急著要早早去那邊等候了吧。

「敏敏。」

「什麼？」

「我醉了，我喝多了。」

「嗯，喝多了的話，回到家裡就睡覺吧。」

「嗯，要睡的，我要睡在你的懷裡。」

敏敏變安靜了。這是他的習慣了。黛西珍期待著他在如此安靜以後，發出來的低沉咒罵聲。

說他是「三八婆」的咒罵聲。

「親愛的敏……」

看，我都用只有兩個人在一起的時候，才會用的名字來稱呼他了，他卻依然安靜如昔。親愛的敏，你不愛我了嗎？厭倦我了嗎？告訴你，無論你多麼冷漠，我還是愛你。今天晚上，我要睡在你的懷裡。

神祠的「德布耶」祭典

哇高月初十二日

一如往常地，在這個廟會最熱鬧的日子裡，可以在炙熱的太陽底下，看到潮水般洶湧的人群。

神祠的鼓樂聲，覆蓋著整個廟會廣場。

無論走到哪裡，都可以聽到這些鼓樂聲。

無數神壇裡，丟擲貝殼算卦的聲音，就數今天最為熱鬧喧騰。

狹長的神壇之上，擠滿了跪坐著的人。神壇上所有的神婆們，都被某位神靈附了身，並且都在不停地搖晃著身軀起乩。附身的大部分神靈，自然是兩位王子和布堪吳敏覺。這邊神壇上是覺爺爺，那邊神壇上也是覺爺爺；這邊神壇上是大王子、小王子，那邊神壇上也是大王子、小王子。

所有的人，都恭敬地向自己所在神壇上的大王子、小王子或是覺爺爺行禮，並同時請求他們保佑自己。

請保佑生意興隆吧，尊神。
請保佑中彩票吧，尊神。
請保佑出得了國吧，尊神。
請保佑蓋得起樓房吧，尊神。
請保佑買得起車吧，尊神。
請保佑孩子們以優異的成績考上聯考，並考上醫學院吧，尊神。

當各種請求保佑的事情，被兩位王子和覺爺爺打包票一定實現時，大家又歡天喜地地向他們奉獻鬥雞錢、酒錢等各種花費。根據覺爺爺的習慣，當他說：「好，爺爺保佑你，當你事成的話，你又該怎樣說呢？」時，大家又要呈報：「如果事成的話，一定為爺爺舉辦許多娛樂節目，舉行許多祭典。」等等的交易諾言。神婆們的「甘朵布耶」供品盤和缽裡，都堆滿了金錢。

像這樣的日子，即便是在萬應大佛寺的院子裡，找個角落鋪著塊白布，前面放個缽替人算卦的神婆，缽裡都能裝滿錢。當然是些十元鈔、五元鈔和一元鈔啦。不像有人望的那些神壇彩棚上的缽那樣，會有些九十元和兩百元的鈔票。

在佛寺院子裡問神的，都是晚上租借一張五塊錢的草蓆入睡，早上則用自己帶來的鍋碗將就著煮飯吃的，村落附近的窮苦人們。

佛寺的院子裡，有出租草蓆的人，有便宜的餐館。院子外面，還有個賣蔬菜的臨時市集。

在這樣的日子裡，出租草蓆的人們很高興。用個大竹籃子，兜售已經配好的「甘朵布耶」供品盤的人們很高興。販賣彩色頭巾的人們很高興。

在萬應大佛寺的院子裡出售小雙面鼓，給人們到兩位王子曾經打鼓的院子供奉的雙面鼓販子們，也非常高興。賣供花的小販們，笑得連眼睛都張不開了。賣糕餅的人們、賣假金飾的店家們及扒手們，都仰賴著洶湧的人潮，感到非常高興。

手上拿著粽子、棕櫚糖蒸糕、緬式沙糕等各種廟會小吃，脖子上和手上都戴滿閃閃發光的假項鍊、假手鐲的人們，正在推搡著往兩位王子和覺爺爺所在的那些神壇去。然而神祠附近，在老邦女郎黛西珍位於樓上的神壇之上，正降臨於人間的神靈，卻不是兩位王子和覺爺爺，而是婦女們最喜歡的菅嬷嬷神。

「喂，嬷嬷可是路口的菅崩，嘴巴也是很賤的。嬷嬷也喜歡喝一點棕櫚酒和小酒。嬷嬷的丈夫是德卡哥，被稱為神偷那德比亞的德卡哥。德卡哥在皇都當了國庫管理員，日子過得非常舒服而不願回來找嬤嬤，於是嬤嬤就跟過去找他了。嬤嬤快到皇都的時候，遇到國王的護衛軍隊。嬤嬤一個村婦，能懂什麼呢？於是嬤嬤就很快跑過了馬路。結果他們就問：『是誰膽敢在護衛軍前來的時候過馬路的？把他抓起來！』他們派人來抓嬤嬤的時候，嬤嬤剛好喝醉了酒，於是趁著酒興把他們罵了個體無完膚。」

婦人們一臉羞怯地笑著聽菅嬤嬤那些粗暴的咒罵言語。平時怎麼敢聽這些呢？現在是因為在起乩，所以才敢聽的。神婆們平時又怎麼敢在這些高貴的婦人們面前說這些呢？現在也因為是在起乩，所以才敢說的。

黛西珍一下子像一個老太婆那樣抽著玉米葉捲成的菸捲，一下子吃兩口泡著油的醃茶葉，一下子喝上幾口酒，藉著菅嬤嬤的口，將自己想說的髒話全部傾倒而出。他那煎人炒人的事業，正被他炒得熱絡不已。

「嗯，於是嬤嬤就被他們說是粗俗的村婦，被他們活活打死了。需要告訴你們，他們打了哪裡嗎？」

「行了，嬤嬤，請別說了，請別說了。」

一旁的敏敏，因為熟知黛西珍的脾氣，所以想不動聲色地管一下黛西珍。已經喝得有些醉意的黛西珍，則斜眼看著敏敏。

「哎呀，天啊，原來是德卡哥啊，親愛的德卡哥。」我的媽啊，愈說愈來勁了。這種最丟人，最煩人了。敏敏帶著一臉的不情願，輕輕地抱起倒向他身上的黛西珍萓嬷嬷。無論說了多少次，叫他不要在人前做這種事情，他就是不理。

但是這種時候，敏敏不敢發脾氣，不敢丟下他然後起身離去。如果敏敏這麼做，比萓嬷嬷還要賤的黛西珍，就會在人前丟盡他的臉面。帶著萓嬷嬷氣焰的黛西珍，恐怕會更加過分。敏敏已經領教過一次了。在某一次的娛神祭典，他被萓嬷嬷附身時，敏敏忘了像往常那樣，事先在他的披巾一角塗抹好萬金油。

萓嬷嬷要像剛才那樣訴說完自己苦命的一生，然後在思念德卡哥的時候掉下真正的眼淚，並配合著音樂跳舞。因為敏敏忘記在披巾一角塗好萬金油，所以無論他用披巾抹了多少次眼睛，眼淚都沒有辦法流出。於是他悄悄地靠向敏敏詢問。在那時候，敏敏才跟他說：「哎呀，忘記了。」他就立刻以萓嬷嬷的身分，把他罵得一文錢都不值。嗯，在敏敏的人生裡，忘掉所謂的羞恥之心，已經多久了呢？

「喂，丫頭們，小丫頭們，你們笑什麼？你們啊，哼，德卡哥是我老公，知道嗎?被不停歌唱的,埃基宮地區的菅嬤嬤的老公。喂,喂,呈上來,我的酒錢、醃茶葉錢。」

一群女人恭恭敬敬地上前進貢鈔票。黛西珍搖頭晃腦地扮成一個視力不佳的老太婆的模樣,將手舉到眉毛,看向一位婦人。

「喂,丫頭,你不是為一筆生意許了願嗎?嗯,嬤嬤會幫助你,讓這筆生意成功的,會幫助你的。」

黛西珍接下來的那些不堪入耳的話,婦女也很信服地合十著雙手傾聽。

「喂,那個丫頭呢?到前面來,來嬤嬤這邊。為了老公捶心肝的丫頭,什麼都不要擔心。嬤嬤會叫他回頭的,只要嬤嬤抖個紗籠就能夠辦好了。德卡哥那時候嬤嬤也是這樣的,聽到嗎?……那個丫頭……」

一位戴滿珠寶,臉色悶悶不樂的婦女,到前面來進獻了一張四十五元紙鈔。菅嬤嬤馬上刷地一下將紙鈔丟了出去。

「這點錢,我要拿來做什麼?哼!你對菅嬤嬤這麼小氣,對那些下三濫的降頭術,卻花多少錢都可以,是不是?」

「不是這樣的,嬤嬤。請您滿意吧。等您的兒子回來,會為您舉辦娛樂節目的。」

「哼，我才不想要呢。現在就做，我不想要你開空頭支票給我。給空頭支票，你就只能得到空頭的結果。神也是會說得很明白的。」

喏，來了。黛西珍的語氣也出來了。敏敏照例微笑著向那婦女輕輕揚了揚下巴，悄悄把場面控制住。

那婦女打開錢包拿出了一張兩百元的鈔票。

「路口的菅崩，可是靠著這個名號吃飯的。人家不情願給的，我不會硬要搶著拿。你不服氣的話，就把錢拿回去。」

看，看，又要幹好事了，黛西珍又要幹好事了。那婦女不停地說著「請嬤嬤滿意吧」，「請嬤嬤滿意吧」，敏敏也在一旁跟著說「請嬤嬤滿意吧」，這才走向了另一個婦女。

黛西珍就這樣，無論敏敏怎麼說，都沒有用。自己的工作最要緊的就是從他們那裡要到錢，就只要出一張嘴而已。只要這張嘴夠乖巧、夠甜蜜就行的道理，他卻永遠都不會懂得。還說：「這是要我甜蜜蜜地騙人嗎？」

這才不是騙人呢。敏敏從不覺得自己賴以為生的這個工作，是個騙人的工作。敏敏只是將錢多的人們，用來求取他們利益的錢，分一些出來享用而已。所有依賴著黛西珍的人、禮樂樂團，以至於那些賣芭蕉、椰子的小販們，都在分享這些錢。

在這個時代，這份工作可以養活不少家庭。所以敏敏認為，從錢多的人手中，要到一些錢，是很合理的事情。三八婆，因為你這份煎炒的工作，養活了不少家庭，所以你會有福報的。

「嗯，嗯，想要的都能夠得到的話，就心滿意足了，對吧？都不需要嬤嬤抖一下紗籠啦，丫頭，你說對吧？」

就在黛西珍煎炒得興頭正濃的時候，一群婦女咚咚咚地跑上了樓梯。

「霸西哥，霸西哥，我們的項鍊被人摸走了！」

「什麼？」

菅嬤嬤突然間呆了一下。婦女們是只會稱呼黛西珍為霸西哥的下緬甸大老闆親戚們，而且還是今晚「德布耶」祭典的施主們。

「哎呀，是誰的項鍊？」

黛西珍立刻讓菅嬤嬤的魂靈離開了自己。

「我的項鍊有二兩重呢。幫幫忙啊，霸西哥，問一下神靈。」

「哎呀，真是的，我真不想說的。被扒手扒走，神靈能有什麼辦法呢？唉，我一再交代你們的啊。喂，敏敏，來。」

叫了，叫了，為了做他想做的事，他在叫敏敏了。敏敏還正在這裡忙著向菅嬷嬷的信徒們進行補救性的解說呢。

「什麼？什麼？你想做什麼？」

「還能做什麼，當然是去警察局報案啦。去，你去警局立案，我要去芮欽那裡。」

「去做什麼？找芮欽做什麼？」

「哎呀，你明知道的。想要亂來就找芮欽。我們這裡已經牽扯到亂七八糟的事了。他那裡搞不好比警局還要快呢。去，去，照我說的去做。喂，有錢沒有？喏，要把錢帶去才行。」

又來了，又來了，看吧。他伸手從剛才那些婦女進獻給菅嬷嬷的錢裡，抽取了一張兩百元的鈔票。還好，那個被扒走項鍊的婦女，說「從我這拿，從我這拿」，然後把錢遞給了敏敏。

喏，他又胡亂穿著居家穿的紗籠和木屐，踩著重重的腳步走出去了。

「帶一個伴去吧。」

「不用，誰都不要跟！」

黛西珍大聲回答著，踩著重重的腳步擠進那些神壇間的小路去了。邊走還邊將口袋裡的眼鏡拿出並戴上。眼睛老花了啊，需要戴眼鏡了。五十多近六十歲了，當然老花。只是因為人長得不太顯老，所以才不覺得是五十多歲。

該去哪裡找芮欽呢？這麼多擁擠的神壇，如果每家都進去找，可是會找死人的。這個人妖的神壇，位置又不固定。今年一個位置，明年又另一個位置，想換哪裡就換哪裡的。

這婆娘是個無賴、流氓、痞子。

名號超響亮的，都說「想要亂來就找芮欽」。

他的本名叫黨欽。所有亂七八糟的事情，沒有他參一腳，幾乎都不能成事。而且無論什麼時候看他，他都處於缺錢的狀態，錢從來都不能久留在他的手裡。

所以大家常叫他芮欽、芮欽[23]，於是他便成了芮欽。廟會裡面，無論是想要借高利貸、想要典當或出售金飾、想要典當神像、想要典當鬥雞缽、想要典當男性舞者穿的長紗籠、想要典當女性舞者穿的長紗籠，偽娘之間想要交換丈夫，甚至被扒手扒去

23 緬語中的「芮欽」，有與錢財熟識之意。

東西，只要到他那裡去打聽，得到的消息都比警察局還要快速。

信奉他的信徒裡，就有一些扒手。所以，就這樣，只要跟亂七八糟的事情有關的，就要去找芮欽。所以說「想要亂來就找芮欽」。

他跟黛西珍是同齡的朋友，不過來到當崩廟會的時間，芮欽卻早一些。黛西珍到來的時候，芮欽已經是個老油條了。他們是在神祠前面跳傳統的鐵門舞時成為朋友的，芮欽也是教他做所有壞事的師傅。他還曾經跟著黛西珍到下緬甸一帶的祭典跳神的。他從前也留著長髮，與人等高的長髮。下緬甸的神，是要長頭髮才能跳的。

「喂，黛西珍，去哪？老公不見了嗎？」

旁邊一個神壇上的偽娘，以沙啞的嗓音向黛西珍一喊，黛西珍立刻就用偽娘們常用的髒話，問候了對方的母親。看，還以為是誰呢？原來是手鐲女咪餒。搽著胭脂戴著花，手上還夾著一支香菸，坐在放貝殼的小高檯前煎人炒人。

「喂，芮欽的神壇在哪裡啊，手鐲女？」

「他是仙女啊，八成是在天上囉。」

黛西珍第二次問候了他的母親。

「喂，說啊，在哪裡？」

「真不知道，你去問別人。」

黛西珍再咒罵了一次，然後又踩著重重的腳步擠進了各個神壇之間的小路。

那個手鐲女，臉上都長皺紋了，還是那個老脾氣。

黛西珍、芮欽和手鐲女，是同齡的朋友。從前還是小偽娘的時候，一起混跡於當崩。那時候什麼都不懂，只懂得打扮得漂漂亮亮的，然後去跳傳統的鐵門舞，和朋友們一起到處胡鬧而已。時間一到，三個朋友就打扮好出來跳舞尋開心，到處亂逛到天亮才回去睡覺，睡醒又沐浴吃飯打扮好再次出門，不知道有多麼快樂。

三個朋友一起租住在一個神壇棚子裡。有一年來住的人太多，租棚子的那個名叫瑪登登的女人，哄他們說：「你們是熟人了，為了住得寬敞些，你們去住在佛寺的院子裡吧。」說是已經跟佛寺的住持打好招呼，而且也不需要給很多錢，然後就在佛寺的院子裡為他們搭了個棚子，把他們安置在了那裡。然而才過了一兩天，住持跟她就因為分錢不均而打了起來，打到三個偽娘都要幫忙拉開他們。後來住持就將他們三人的東西全部丟了出來，把他們趕出了佛寺。

三個朋友沒了去處，既覺得好笑，又覺得好氣。

「喂，時間一到保你成真，這樣滿意了吧？都知道覺大王、覺主人、覺爺爺我的本事吧？」

黛西珍轉頭向高聲咆哮的聲音來源一看，哎呀，原來是小仙女盛葛雅，不久之前才和丈夫分了手的盛葛雅。

「宿主想老公想到失心瘋了，正在為老公發瘋呢。」

黛西珍邊走邊高聲開起了玩笑。正在被覺爺爺附身的盛葛雅，卻只能在心裡很生氣地將開玩笑的黛西珍罵了一遍。

當黛西珍走過一個不但油煙嗆鼻，而且錄音帶還放得很大聲的奶茶鋪時，一群愛笑鬧的小年輕人，隱隱約約地跟他開起了玩笑，老邦女郎則在眼角掛起了滿足的神色，搖起了臀部。雖然已經六十多了，但還是盼著人客的呢。

「珍，怎麼了？」

「喔，瑪鸞啊，我在找芮欽呢。」

這一次，黛西珍倒是好好站著跟人打招呼了。偽娘瑪鸞是仰光人，是個規規矩矩的華裔混血兒，已經拿過學士學位。他戴著一副眼鏡，瘦瘦白白的，為人非常低調。他也有著自己的一群信徒，有一定的聲望。但按照偽娘們的慣例，收入幾乎全部被拿去養漢子了。

「你知道芮欽在哪裡嗎？」

「那什麼，從前不是有個富人坡嗎？聽說就在那兒的北邊。」

「好的，好的，走了啊，瑪鸞。」

芮欽那婆娘，就離不了那富人坡。富人坡都沒落了，還在那邊徘徊。嗯，就像瑪鸞說的那樣，從前確實是有過一個富人坡的。

那裡是仰光、曼德勒、毛淡棉、勃登等大城市來的富太太和富婆們聚居的神壇棚子。錢又多，人又自由，偽娘們（自己就是頭一個）又會煎人炒人，於是就有了許多樂子。多情的富太太、富婆們，和偽娘們的小丈夫譜出了故事；和厲害的半男半女偽娘們，也譜出了故事。富婆和富太太們於是散盡了金錢、項鍊、手鐲，以及所有東西，從此那個地方就日漸被人稱之為「富人坡」。偽娘們參與攪和的「富人坡」，背後還有另一層涵義，不過還是不說了。

富人坡熱鬧的時候，芮欽是個哪裡都少不了的大人物。哪個富婆的小情郎和哪個富婆的小情郎要進行交換、哪個富婆要買賣手鐲項鍊，以及富婆們要打針、吃藥等事情，都有他的參與。想要亂來就找芮欽，所有亂七八糟的事，芮欽都拿手。只有富人坡還熱鬧的時候，才見過他手裡隨時有錢。

富人坡沒落以後，有些富婆也真是可憐。愛上相遇的男孩，然後隔年來花光錢財，隔年來花光錢財的，最終婚姻破裂，落得個留在男孩的偽娘妻子身邊，成為煮飯婆子的下場，實在令人難以置信。都是業障啊，業障、業障。

就是這附近了，從前的富人坡就是這附近。神壇棚子上，放著些和草棚不搭的地毯、四層的大便當盒、保冰箱、蕾絲枕頭，以及緞面枕頭等物品。鑽石珠寶的金光，也是一閃一閃的。哎呀，各個年齡層的少年們，也是來得腳都抽筋。大家又是吃喝，又是玩樂，又是哄人騙人的。

黛西珍也曾經用他的紗籠打著旗子，來到這邊追人。當然是追家裡那位，不然還能是誰。有一年他到半夜都一直沒有回來，原來是到了這個富人坡。哼，我可是邦女郎呢！凌晨四點過來這邊，是特別選了個好時間過來的，這時間是丟人顏面最好的時間。萬一到這邊吵架，自己該說的台詞，都已經花了一整個晚上想好了呢。

如果他因為覺得丟人，在富人坡回嘴的話，自己該怎麼回應，都已經花了一整個晚上想好了。到了富人坡正前方，就遠遠地大聲吼了過去。以「喂，敏敏，出來！」為開場白，把自己知道的所有粗言鄙語都罵出口的當下，富人坡異常安靜……知道黛西珍脾氣的偽娘們，又哪敢亂動呢。就這樣，他把整個富人坡罵了個臭頭。

那個敏敏，為了讓他長記性，也在回來的路上，一直拉著他的手，高聲叫喊著：「我這老公，是我從那不知羞恥的富人坡帶回來的，大家出來看啊。」好好地讓他丟了一次人。這樣他才會長記性，以後才不敢再犯的。

當黛西珍正要從今非昔比的舊富人坡的神壇棚子旁邊，轉往芮欽可能出現的方向時，他的眼睛好巧不巧地，看到正在棚子的一角換衣服的，一個富人坡從前的超級明星富婆。

「哎呀，老闆娘，頭髮都白了啊，回到當崩了嗎？是要來重新經營富人坡嗎？」

一看是黛西珍，婦人的臉色一變，立刻反唇相譏。

「供人取樂的妓女工作，只有偽娘們才做的，懂嗎？」

「嗯，是啊，是啊，我們就是供人取樂的妓女，所以隨時都很快樂。你們才是被人白嫖的老娼婦。」

哼，長記性了沒？我可是黛西珍，可是個偽娘呢。不要來試探偽娘，偽娘們可是早就沒有了廉恥的，出生的當下就已經聲明好了的。在反將了人家一軍之後，黛西珍立刻踩著重重的腳步離開了該地，身後只留下婦人衰老而痀僂的身影。

「唉，風捲殘葉。你這個浪女，我找你找到快死了呢。」

一見到手持酒杯，獨自坐在神壇棚子前的芮欽，黛西珍立刻一喊大聲，芮欽也馬上回以偽娘們打招呼用的咒罵聲。

「你幹嘛到處找我？是想換老公了嗎？」

黛西珍又淋漓盡致地罵了一遍，芮欽卻神色依舊。在半舊的紗籠上，穿著一件色彩繽紛的短袖襯衫，一手拿著酒杯，一手拿著香菸，臉蛋圓圓、嘴唇薄薄的，眼珠子還在不停地轉著，彷彿在思考著今天該幹點什麼混帳事情。

「喂，芮欽，我有一個親戚，剛被扒手扒走項鍊，你幫我打聽一下吧。」

「哈，跟我有什麼關係？我既不是警察局長，也不是警察。」

黛西珍又罵了一句。

「欸，那些扒手不是都認識你，都是你的老公嗎？」

「哎唷喂，我可不認識，要是被警察聽見了，我就要被抓了，你可不要來害我。說我認識扒手，我既不是他們的幫主，也不是教唆他們的人。」

知道芮欽脾氣的黛西珍，只好把他罵個不停。

「你跟他們都有聯繫的啊，何必來找我。你可是非常有神通的戴邦大員，有不少信奉你的大人物、大老闆的呢。我只不過是個破落的神婆，能幫你做什麼？」

對於任性地耍著無賴的芮欽，除了咒罵以外，黛西珍也是束手無策。

「喂，臭婆娘，多的不用說了。給我來點酒，沒有酒嗎？」

「沒有，不要來欺負我。」

「哼，你又騙我了。我明明看見你的棚子裡有一個萊姆酒箱的。」

芮欽往棚子裡看了一眼。

「嗯，不要因為那個就太看得起我。那不是我的。是曼德勒唐人街的華人兄弟送來給我賣的。昨天不小心開封了一瓶，還得放兩百一進去呢。那邊還有呢，百事可樂的箱子。是那邊賣飲料的女孩子送過來的，也是要我賣的。剛才因為想喝酒，所以才去買了十塊錢的回來。別太看得起我，芮欽的脾氣你知道的。遮著神像的那些紅布簾，是從密支那[24]的定師父那裡借來的。兩盤『甘多布耶』供品，是村裡的乾女兒送過來的。上面掛著的那些一元鈔，是一個信徒過來弄的。」

「唉唷，也不用這樣炫耀吧。」

24 地名，是緬甸北部克欽邦的首府。

芮欽卻愈說愈是得意。

「芮欽的人生總是起起落落的，只好隨遇而安了，連米都是每次只買四筒。[25] 有一個炭火爐，那天去市場買了三個烹煮飯菜的陶罐。好的要十五塊，歪的要十塊，於是講價用十五塊錢買了兩個歪的。喝水的陶罐，好的要二十五，缺了角的要十五塊，於是我拿了缺角的。」

喏，看吧，看吧，又來了。芮欽讓黛西珍不僅罵不下去，反倒還笑了起來。這婆娘，在耍無賴、耍流氓、耍潑皮的地方，絕對沒有第二個人比得上他。黛西珍他們耍無賴、耍流氓、耍潑皮，又怎麼能和他相比呢。

如果沒錢了，知道他會怎麼做嗎？會去典當他的鬥雞缽！然後等他的某個信徒發達的時候，再叫人家去幫他贖回來。他那鬥雞缽，是真銀的呢。

芮欽那些胡搞瞎搞的事情，真是有太多可以說的了。有一次，說是想要祭拜一位女性神靈，跟黛西珍借走了一條女舞者穿的長紗籠。

想說，「哎呀，就讓他穿得漂漂亮亮的吧。」於是就借了最好的一條給他。那時候不是流行雙層蕾絲嗎？在黃色的蕾絲上，還貼著些珍珠呢。我因為愛美、愛好東西，所以很仔細地縫著的。結果他借走以後，一天也不見人，兩天也不見人。那時候正是在這個當崩，正是舉辦廟會的時候。然後有一天，家裡打雜的小偽娘跑來說：「媽咪，昨晚在劇場裡，我看到女舞者優巴永穿著媽咪的紗籠跳舞！」這哪行呢？當然要立刻追到劇團裡面去。大白天的，跑到劇場後面，按照偽娘們的習慣，我很生氣地到處大喊「優巴永在哪裡？」什麼的，讓女舞者難堪得很。老三八婆芮欽當時也在那裡，就在女舞者的床上，一聽到黛西珍的聲音，就躲到了被子裡面去。

黛西珍說得愈來愈過分的時候，他才刷一聲從被子裡跳出來，將紗籠丟向黛西珍，並且說：「喏，拿去，你的紗籠！」然後沒好氣地走了出去。原來他將紗籠用一個晚上二十塊的價格，租給了那個女舞者優巴永。看吧，他就是這樣瞎搞的。

「喂，你舉辦『德布耶』祭典的號碼要賣嗎？有人想要買的。」喏，開始了。看吧，要開始胡搞瞎搞了。

「才不賣呢。年紀大了，別再讓我做這種事了。小時候因為好玩才做的。」芮欽一邊斜眼睨人，一邊咒罵著，薄薄的嘴皮嘟得老高。真的，不是黛西珍在故

25 「筒」是緬甸計算體積的單位，一筒大約等於三三一〇毫升。

作清高，是真的不想做。就像敏敏說的那樣，已經到了應該保持尊嚴的年紀了。那時候也不為什麼，只因為年紀小圖個好玩，就把自己舉行祭典的號碼賣了。因為自己的號碼排在很前面啊，想在前面的，想要好號碼的人就會來買。那時候也賣不到什麼錢啦，只不過拿到兩瓶酒和一百塊錢左右。現在當然貴了啊。黛西珍想做當然能做啊，自己有四五個祭典，每天幾乎要舉行兩個，號碼也都是最前面的。自己的施主沒有跟著來的祭典，就可以拿來賣的啊。但是我不想這麼做，要是被神祠知道也不好，明年絕對不會再給祭典號碼了。但是做的人還是在這樣做的。

「喂，今年我要跟你去布堪，聽到嗎？」

「哎唷喂，請不要跟來，求求你了，我的大姐。」

黛西珍當真合十起雙手的時候，芮欽又咒罵起來了。

「你又要跟來幫我租船嗎？什麼來的，那個開船的小夥子，還留著小鬍子那個，說來聽聽。」

芮欽只是一個勁地咒罵。去布堪的時候，因為是在布堪，芮欽也胡搞過一些事情。德保月[26]的時候，布堪地區有專門為布堪吳敏覺舉行的廟會。就像當崩廟會一樣，所有神婆都要去參與，去的旅途有些艱辛。

要搭一段汽車，一段火車，坐一段汽艇，乘一段馬車，才能去到那裡。先搭火車從仰光到曼德勒，再搭汽車從曼德勒到敏建，然後又從敏建坐一個多小時的馬車到碼頭，最後再從那裡乘小汽艇順著河道去到布堪。也有從耶瑟久那邊過去的道路。

就在那個碼頭。好了，要準備租汽艇的時候，就遇到了芮欽。於是就很放心地指派芮欽說：「好，去，你去租船。」結果租來的不是汽艇，是艘有馬達螺旋槳的小船，沒有遮頂，沒有廁所，大家一路被太陽暴曬，並且還要忍著不上廁所。當大家因此圍著咒罵、責難芮欽的時候，他才說自己沒有看船，是看著船夫的照片來決定租這條船的。這下好了，原來是因為喜歡上照片裡面留著小鬍子的船夫，所以才把船租了來的。唉，芮欽就是……不過在有些地方，他還是有他的可靠之處啦。

也是在布堪。黛西珍和分別住在同一個神壇棚子上下層的神婆們，因為漏水、腳步聲太重等原因發生了爭執。黛西珍們是住樓上的。

發生爭執的時候，黛西珍就很生氣地放話說：「哼，要讓你們知道我的本事！要

26 緬曆十二月，約在西曆二月中旬至三月中旬左右。

請神來懲罰你們……」。然後再悄悄地指使芮欽說：「芮欽，去做吧，我給你一百塊錢。」結果，到了第二天早上，樓下的神婆們，和追隨他們來的婦女們，他們的紗籠、鞋子、便當盒，全都不見了。

那些女人們都嚇死了，馬上就搬了家。芮欽則是開開心心地喝著點酒、抽著點菸，還倒貼了個少年呢。黛西珍開他玩笑說：「哎呀，你至少應該給我個便當盒吧。」他回：「我做了什麼？是因為你的神顯靈才發生這些事的麼。」至於那一百塊錢，他還是要走了的。

「好吧，芮欽，你既然不請我喝酒，也不請我喝別的，那我要走了。你仔細聽我說，被扒走的項鍊有二兩重，是古代的那種 MC 鍊款式。」

「喂，去跟警察說，都說了我不知道。」

黛西珍罵了過去。

「你如果不知道，就讓你被神靈殺死，哼！」

「殺！」

「被神靈抓去！」

「抓！」

黛西珍又罵了一句。

「就這樣，下午到我那裡來回話，我家裡還有客人呢。下午的『德布耶』祭典，也什麼都還沒有準備。」

黛西珍照例急沖沖地跳起來穿好他的木屐。

「喂，把錢留下。」

「什麼錢，說來聽聽。」

就知道，就知道你的脾氣。心中了然的黛西珍斜睨了他一眼。

芮欽抿緊了他的薄唇，眼珠子也轉來轉去。

「讓你跳神的話，你是白幫人家跳的嗎？是倒貼錢去跳的嗎？」

黛西珍哈哈一笑，然後將沒有口袋的衣服拍給他看的同時，說：「我一分錢都沒帶，下午過來，我走了。」

滿口罵娘的芮欽，被留在了黛西珍的身後。

＊＊＊

本來一從警局出來，敏敏就打算要回家的。家裡萬一來了客人，黛西珍又不在，誰要來接待呢？要有敏敏才行。三八婆一旦遇到他的夥伴，一定不會那麼快回來的。按照偽娘們的脾氣，一定要說些有的沒的，開些黃腔，嘻嘻哈哈的。

從警察局出來後，敏敏避開廟會的人群走著走著，來到人煙稀少的小巷子裡。

在那裡他遇見了臘杜莎梅。要是被黛西珍知道的話，他一定要說：「哼！你的腳很自然地把你拉過去的嘛，當然會遇見啊。」

意識到是臘杜莎梅他們的神壇棚子，敏敏立刻打算假裝沒看見，然後若無其事地走過去。但那可是臘杜莎梅呢，眼睛厲害得很。

「喂，敏敏，來一下嘛，不坐一下了嗎？」

「哎呀，不坐了，還有些工作呢，媽咪。」

敏敏一拒絕，身上放著不少填充物、將自己打扮得像個女人的臘杜莎梅，就像女人那樣撇了撇嘴。

「好生分啊，親愛的。一下而已啦，來嘛，有話跟你說。」

這怎麼好呢。敏敏只好坐到了棚子上面。如果是黛西珍的話，一定又要說：「你就是因為想坐，所以才裝模作樣的不是嗎？」臘杜莎梅的神壇棚子是三間相連的，裝飾得也非常漂亮，臥室還是用絲綢床單之類的來隔開的。

「喂，眼珠子轉到哪裡去了？給，喝，真正的曼德勒萊姆酒，用炸雞下酒。」

臘杜莎梅那張色彩豐富的臉，皮笑肉不笑的，輕輕靠向了敏敏。

「有帶來的，幫忙介紹，幫忙光顧一下。」

「在哪裡？貴的吧？都是些天價。」

「哎呀，沒有啦，又誣陷我。」

臘杜莎梅朝著神像合十了雙手。

「說假話的話，就請神靈來殺我吧。真的！你也知道媽咪的脾氣，不相信的話，你等一下。」

臘杜莎梅以不符合他年齡的靈敏姿態，快速站起。他跟黛西珍他們也差不多同齡，只是他可能稍微小一點。

「敏哥，來這邊。」

臘杜莎梅從窄窄的絲綢臥室裡叫著。敏敏輕輕起身過去時，漆黑又狹窄的絲綢臥室裡，緊急照明用的小燈泡隨之亮起。敏敏從臥室口看得到一切。

一個睡眼惺忪，臉上還有些殘妝的少女，和另一個睡得很熟的少女。

「怎麼樣？這一個，這個價格。」

臘杜莎梅伸出了一根手指，那就是一千了。敏敏皺起鼻頭時，他很嬌媚地斜睨了敏敏一眼。

還沒睡醒的一千塊女孩，職業性地微微笑了一下，然後又重新睡著了的當下，旁邊那位熟睡的少女，突然醒了過來。

敏敏心裡產生了異樣的感覺。那張小臉，和敏敏昨天幾乎要愛上的那位要錢的小歌女，長得極為相似。沒有化著妝的素淨小臉，彷彿有些怯懦，對任何事都感到害怕的樣子。

敏敏轉身離開的時候，臘杜莎梅也跟著走了出來。敏敏從棚子下去的時候，臘杜莎梅說：

「哎呀，要走了？怎麼說？」

「晚上再過來啊，下午有『德布耶』祭典。」

「要來喔，喂，敏敏，會給仲介費的。」

「知道了，知道了。」

臘杜莎梅很不簡單。他是但凡壞事都非常感興趣的偽娘神婆。他那裡可以找到所有你想要的，然後他會從中抽取費用。

黛西珍最痛恨臘杜莎梅，從不覺得對方配得上自己。像臘杜莎梅這樣的人，這個廟會裡還有很多。

敏敏從那排神壇棚子間橫穿而過。在一個神壇棚子上，看到一位正在起乩，身邊僅有寥寥隨從的，從前的神婆老奶奶。她那滿頭的白髮，和白色的披巾，以及紅褐色波浪形花紋的紗籠，顯得非常相配和高貴。

敏敏合十著雙手，向那閉著眼睛，搖晃著腦袋，並且還咀嚼著檳榔的老神婆遙遙一拜。真是可憐。在這個只有善於煎人炒人的偽娘神婆們才會被認為是神婆的年代，信奉從前那些神婆老奶奶的人，已經逐漸變少了。真正的女性神婆，在當崩廟會已經非常稀少了。現在已經到了所有神婆都是偽娘的時代了。

敏敏雖然很努力地想要從蓋滿神壇棚子的庭院之間，走到人少的巷子裡面，但這並不容易。在今天這樣的日子，沒有哪個巷子的人會比較少，都是要擠人的，自己也需要跟在人潮裡面慢慢移動。

唉，朋友啊，現在兒時的夥伴，能夠如此相遇，真的無比開心……能夠如此相遇……

嬌媚高亢的歌聲，穿透到人潮裡面。是那個小女孩，那個班紐啊，班紐……她是從哪裡唱的呢？

敏敏望向人群擁擠不堪的那排神壇棚子，小布鼓的聲音似乎愈來愈近。

在這個橋上，兩個人一起玩耍的樣子，我還記得的，阿篤……我還記得的，阿德……兒時的玩伴啊……

真是個能唱得令人憂傷的小女孩啊，還能夠令人心生憐惜。聽到這個歌聲，沒有人能夠感到不憐惜，也沒有人能夠不給錢。

敏敏從人潮中走了出來。

擠進了那邊的那排神壇棚子裡。

喏，那裡。班紐還像往常那樣低垂著頭，用披肩遮蓋著她的小臉。旁邊那個胖嘟嘟的小女孩，依舊敲打著小陶罐布鼓。

負責提飯菜袋子的小男孩，則在用一個便當盒，承接著旁邊一個神壇棚子上的偽娘放給他的一坨米飯。

就在敏敏試探著口袋裡面的兩張十五元鈔票時，人群突然炸開了鍋。

「扒手，扒手……」

哎呀，慘了。敏敏趕緊跳上附近的一個棚子。隨著偽娘們各種各樣的叫喊聲，人群在慌亂了一會兒後，又恢復如常時，敏敏往班紐他們那邊一看。哎呀，真是造孽。班紐弟弟手中的飯菜，全部潑灑到地上了。班紐頭上的披肩也不見了。這倒是很好，敏敏喜歡，可以看到小姑娘的臉。

臉上搽著黃香楝木粉，顯得非常可愛的班紐，這時候倒是挺機靈的。她把用來放錢的便當盒抱在懷裡。

「貌隆真笨！要緊緊拿好的啊，這麼多飯菜，可惜死了。」

打鼓的小女生，在數落著她那眼淚汪汪的弟弟。

「我的披肩被人群帶走了。」

班紐抱怨著，然後說了句：「走吧。」當敏敏突然站到她面前時，她立刻害羞地慌忙尋找她的披肩，真是個非常膽小的小姑娘。

「好了，來，跟著來我家，我再拿些飯菜給你們。」

打鼓的小女生和小男生看向敏敏，班紐則低垂著頭顱。

「記得嗎？昨天在大神祠附近的那家啊，給了你們炸雞和湯的。」

「知道了，知道了，得了很多錢的那一家。」

打鼓的小女孩非常歡喜地叫了開來。

「嗯，那來吧，跟著我來。」

「不跟了，奶奶肚子該餓了。」

細小的聲音來自班紐。

「不跟的話，要讓班紐們的奶奶吃什麼呢？這裡又沒有飯了。」

班紐還是說：「走吧。」說著伸手將打鼓的小女孩披著的一截舊紗籠拉了過去，然後蓋在自己的頭上。那小女孩看起來也不敢跟班紐說什麼。

「好吧，那，拿著。拿去買飯給班紐們的奶奶吃。」

班紐用便當盒接了敏敏給的兩張十五元鈔，然後很小聲地說：「還要唱歌給你聽嗎？」真是可憐。但是敏敏很想開小姑娘的玩笑。

「你要唱什麼歌給我聽？」

「不知道啊，你讓唱什麼就什麼啊。」

「你會唱我喜歡的歌嗎？」

「什麼歌？」

不服氣的心態，讓班紐揚起了她那張蓋著紗籠布的小臉。

「〈致相關者〉，會嗎？」

「當然會！」

「哎呀，哥哥你不要試她，她會很多歌的。」

打鼓的小女孩進來插話時，班紐微笑著低下了頭。

「要唱嗎？不用唱的話，就要走了。奶奶會等著的。」

「去吧，去吧。下次再唱給我聽吧。班紐你們住在哪裡？」

「村子外面的破涼亭裡。」

班紐的頭垂得更低，然後往前走了。喔，敏敏當然知道那個涼亭。那是各地來的窮苦人們投宿的場地。

「晚上還可以出來嗎？」

「才不出來呢，因為太累，吃完飯就睡著了。」

除了唱歌的時候，這個小女孩也只是個惹人愛、惹人憐的孩子而已。

「要跟去哪裡？」

班紐歪著頭詢問跟著他們走的敏敏。

「沒有要跟，我只是要從這邊回家而已。」

說話的當下，敏敏就轉進了棚子間的一個巷子裡。

「明天來家裡喔。」

敏敏向很快地看了自己一眼的小女孩，微笑著眨了眨眼。

班紐你那害羞的動作和表情，讓我的心情好激動呢。要是被黛西珍知道了，鐵定要說我了。一定會被他毫不留情地這樣說的：「你呀，只要是真正的女人，無論是誰，你都感興趣，是不是？」

他不會理解的，但是他也永遠不會放過我。

班紐……

在臘杜莎梅那裡見到的那個女孩，我決定去找她了。你要是知道這件事，會生我的氣嗎？

＊＊＊

初十二晚上的月光，影影綽綽地灑落到黛西珍家裡的陽台之上。

輕輕地為睡到打呼的黛西珍按摩著小腿的敏敏，悄悄停下了手上的動作。

下午因為連續舉辦了兩場大神祠的祭典，和一場小神祠的祭典，黛西珍又累又醉。醉了之後就一直纏著敏敏，一會兒叫抱著他，一會兒叫幫他搧扇子，一會兒又叫幫他按摩的。阿鵬基和丁丁敏他們說要幫忙按也不行，說是敏敏的手才有勁，敏敏才能按得他舒服。真的很糟糕。已經六十歲了，到現在都還想要像個孩子般任性，還想愛美愛漂亮，還想跳舞。他那鬢邊開始萌生的白髮，在月光下，可以看得非常清楚。

都這把年紀了，還要這樣跳躍活動，他當然會很疲倦吧。七年的感情，敏敏還是有的，也把他當母親、當姊姊那樣愛護。但是把他當妻子那樣來疼愛，敏敏卻從來都沒有辦法做到。對於敏敏的人生，這個三八婆是永遠都不會理解的。

敏敏悄悄地下了樓。他將樓上的門闔上，向樓下抽著菸捲靜坐著的潔身自愛的阿鵬基，比手畫腳一番之後，敏敏走了出去。

敏敏一擠進由昏黃的燈泡所散發出的迷濛濛的燈光之中時，已經有許多過度妝扮著的濃妝豔抹的臉，在那裡等著迎接他了。

都是些穿著打扮得跟真女人難以區別的小偽娘們。在棚子與棚子之間，他們像蝴蝶般搧動著翅膀，尋找著前一晚的情人。

他們似乎就像那些母蛇一樣，聞得出那些曾經吃過他們肉的人的氣味。一看到敏敏，就立刻向他發出許多「雌性」的聲音。非常熱情地呼喚他「親愛的」者有之，嗲聲嗲氣地稱他為「我的愛人」者也有之。

還有人很大聲地給他飛吻，並向他拋來一個飽含邀請的媚眼。

一些很放得開的人，則會抓著他的手，跟他說：「親愛的，你不能再愛心肝了嗎？」、「心肝長得不漂亮嗎？」還前凸後翹地向他展示身材，於是他只好輕輕掙脫後趕緊跑走。

直到走近臘杜莎梅他們的神壇棚子，那些假女孩們還在敏敏身邊徘徊誘惑著他，還在叫他「親愛的」、「愛人」。

「唉，你就叫那些走吧，既不用花錢，還可以有炒麵吃。」

臘杜莎梅迎面向敏敏打招呼。棚子上只有臘杜莎梅一個，沒有其他的人。絲綢臥室也非常安靜。

「什麼情況？」

臘杜莎梅很用力地將偽娘專屬的斜眼刮向敏敏。

「唉，敏敏哥啊，都沒有了啊。」

「哎呀！」

臘杜莎梅咯咯地發出嘲弄的笑聲。

「那走了。」

「等一下嘛，喏，喝上一杯。」

敏敏拿起臘杜莎梅的玻璃杯，仰頭喝盡。

「這是水，尊神。」

臘杜莎梅遞水杯給他，又給他放著醃茶葉的盤子。

「還要嗎？」

「不用了，下午的『德布耶』祭典上，喝得有點多。」

「不就喝了些假的嗎，你現在已經醒了啦。我的是真的，喏！」

「夠了，可以了。」

敏敏往廟會的集市走去。走過叮叮咚咚地敲打著祭典音樂的小神祠時，醉意逐漸來襲。粗暴激烈的神鼓聲，能讓人血脈賁張。結合著醉意的粗暴激烈的神鼓聲，還能夠將愛情的血液激起。

敏敏的腳步不由自主地朝向村子外面。在村子外面的破涼亭裡，有一個名叫班紐的可愛女孩，敏敏能夠喜歡她嗎？實際上，她是一個唱歌乞討的小女孩，相較於愛慕，更是讓人憐惜的小女生。
敏敏的腳步依然朝向破涼亭。為了掩蓋刺鼻的酒味，敏敏還記得要買檳榔來吃。
村子的外面非常黑暗。在黑暗中，可以看到在蠟燭、油燈散發出的光芒之下，貧苦的人們四下活動著的大涼亭。
菜的味道、油煙的味道、吵架的聲音、咒罵的聲音，以及小孩子哭叫的聲音混合著，並散布於四處。
敏敏在黑暗之中，靜靜地望向涼亭上的昏黃燈火。在昏黃的燈光下，有許多人正在吃飯。班紐，你在哪裡？有個蓋著被子的女性身影，會是你嗎？唱了那麼多的歌，你已經疲倦地入睡了嗎？
突然有一聲不甚明顯的口哨聲從敏敏跟前走過，於是他看了過去。一個不安靜地動著的小男生。小男生將他手中的一小包東西丟到天上來玩。哎呀，這是那個小子，班紐的弟弟。
「喂，小子，從哪裡回來的？」
從黑暗中走出來的敏敏，讓小男生嚇了一跳。然後才很開心地大聲喊叫。
「哎呀，哥哥！」

「班紐他們在哪裡？睡了嗎？我是來找你們玩的。」

「班紐姐他們還沒睡呢。這裡，因為她叫我去，所以我才買來的醃酸果。」

「是喔，他喜歡吃醃酸果嗎？」

「當然喜歡！晚上睡覺以前，她一定要吃醃酸果。」

敏敏和小男孩一起走上涼亭。順著涼亭破舊的木地板，許多貧苦的人們，各自劃分著彼此的區域，他們都些是因為各種原因，想要藉著當崩廟會，前來賺取一點小錢的人。

在涼亭的一個角落，敏敏看到在蠟燭的光照之下，顯得非常可愛的，搽著黃香楝木粉的小女孩班紐。

頭上沒有遮著任何披肩的班紐，肩膀上垂著一頭長髮。班紐，你更年輕，也更可愛了。

「有客人來，客人。」

一看到是敏敏，班紐圓睜起了眼睛。然而，她很驚喜、很滿意地笑得非常美麗。

「還知道這裡啊。」

「當然知道啊。」

「當然知道啊，找到這裡有什麼難的。」

打鼓的小胖姑娘進來插嘴。在他們旁邊抽著菸捲，打著瞌睡的一位身材瘦小的老奶奶，則一邊眯起眼睛，一邊將手掌放在耳後來聽聲音。

「奶奶重聽，眼睛也花了，已經八十歲了。」

關於她奶奶的事情，班紐說得很投入，嘴巴裡面還要細細地咀嚼著醃酸果。

「奶奶，這是昨天給炸雞和錢的那家人家的哥哥，知道嗎？」

輕聲說話的班紐，變得口齒伶俐了起來。哥哥啊，她在向她那聽不到的奶奶重複時，害羞得笑了幾聲。心思敏銳的年紀，她知道敏敏發生了什麼事情。

「我來是想帶班紐你們去吃東西，我們去廟會的集市吃吧，來。」

「班紐們沒有好衣服呢，再說了，哥哥敢跟班紐們一起進出人群嗎？」

「為什麼不敢去？有什麼關係？」

敏敏心中所有的憐惜之心，恐怕都要被這個小女孩全部拿走了吧。

「好了，來吧，來吧，晚上人家不會看衣服啦。大歌星很想變漂亮呢。」

班紐依舊微笑著低頭，貌隆則看著敏敏問：

「我也要跟嗎？」敏敏朝他點了點頭。

「要跟嗎？阿詠？」

班紐問打鼓的小女孩，同時看向她的奶奶。打鼓的小女孩靠近奶奶，說：

「奶奶，我們要去廟會的集市吃東西，吃東西，東西……」重複喊了兩三次以後……

班紐他們的奶奶才點點頭，說：「早點回來。」

「來，來，走了。」

敏敏和貌隆走在最前面。班紐他們左右的一些人，已經睡著了。另一些人，則還在吃著熱騰騰的飯菜。

「不想去很遠喔。」

輕輕的擔憂聲，讓敏敏轉過頭去。看，頭上還蓋著紗籠布。

「哎呀，這是幹嘛呢，拿掉吧。」

敏敏將班紐頭上的紗籠布拉開。

「唉，班紐不自在。去人群裡面，要把臉遮起來才敢去的。」

班紐試圖從敏敏那裡拿回紗籠布，敏敏則將揉成一團的紗籠布丟進了黑暗裡。

「去吧。等明天，哥哥給你一條新的披肩。」

飛舞著長髮，看起來很不自在的班紐的小臉，令人心生愛憐。如果貌隆和那個叫瑪詠的女孩子沒有一起來就好了。帶著點迷茫的醉意，敏敏在擁擠的廟會集市中，硬是牽起了班紐的小手。冰冷顫抖的小手，只稍微在敏敏的手裡做出掙扎的姿勢。

這當下如果被黛西珍那個三八婆看到的話，會發生什麼事情呢？敏敏不敢想這些。不，敏敏不想看到他。請讓他在甜蜜的生活裡多待片刻。

「班紐你們想吃什麼？是吃奶茶和千層餅呢？還是吃炒麵？」

無論敏敏如何叫他們，三個人都十分抗拒進入店裡。他們不敢進去。說他們只要在路邊攤吃個米線就好了。他們在吃米線的時候，敏敏趕緊跑到相隔三四家的店裡去喝了一杯，然後再進到檳榔店。

「喂，敏敏！」

敏敏突然嚇了一大跳！天啊，天啊，是芮欽，芮欽……還好，剛才在米線店的時候沒有遇見。

「你把那婆娘灌醉留下了嗎？你跟誰約著？告訴我？」

「別找我麻煩。我只是因為無聊所以自己出來的。你才這把年紀了，還出來找人呢，知道麼？」

「就出來，就出來。我們神婆的愛情，是從不衰老，永遠年輕的。嗯，如果找不到任何少年，那你就跟我走，我要把你帶回去。」

「去你的。」

輕輕推開芮欽之後，敏敏趕緊溜了出去。不行，不行。在這裡待久了，恐怕會有危險。唉，怎麼都不能逃出那三八婆的手掌心呢。

「回去吧，奶奶會等著的。」

對於一看到自己，就小聲說出這話來的班紐，敏敏這一次極為感激。敏敏他們不能在這附近久留。

「班紐還要吃什麼？吃飽了嗎？還要吃醃酸果嗎？」

「不，夠了，飽了。」

回去的路上，敏敏若有似無的稍微落後於班紐他們三人。敏敏不能忘記，化著彩妝的假女人之中，很可能有許多認識黛西珍的人。

「買東西給班紐們吃，哥哥一定花了很多錢吧。」

「不花什麼錢啦，班紐。」

緊急的時候，一向少話的小姑娘，卻想跟敏敏說起話來了。得趕緊走到村子外面才行。

「等到明天，班紐會來哥哥們家裡唱歌給你聽的。就唱那首歌。」

「哪首歌？」

「就是〈致相關者〉啊。」

唉，可憐的小姑娘。她記住了敏敏一時開玩笑說的歌曲，但敏敏其實已經忘了這件事情。

「班紐會唱好多歌喔，從哪裡學會的？誰教你的？」

「因為感興趣所以才學會的啊。跟著收音機、錄音機唱，就學會了。」

村子外面的風，帶來了神壇上各種供花的香味。供花的香味，和隱隱約約的神鼓聲，令人心情澎湃。另外，小女孩的女人味，嗯，真女人的氣味，讓敏敏的心更加激動不已。

「班紐們有幾個兄弟姊妹？」

「三個，就現在這三個。」

「班紐是大的嗎？」

「是的。」

「班紐的爸爸媽媽呢？」

班紐安靜了一會兒。

「爸爸跟媽媽離婚了。媽媽一開始還跟班紐們住過一段時期，後來也走了，再也沒回來過。」

「嗯，班紐應該不想做現在這工作吧？」

「不知道呢。唱歌的話，班紐還是很開心的。那個，在村子裡的時候，班紐不做這個工作。做一些幫人洗衣服，打零工的工作。只有在廟會裡，才做這個工作的。在班紐還不會唱歌之前，奶奶也不讓做這個。班紐們的奶奶，在人家家裡打雜養活了我們。」

在人家家裡打雜啊。敏敏心裡刺痛了一下。已經去世的敏敏的母親，也是在人家家裡打雜，養活了敏敏他們幾個兄弟姊妹。

「這工作至少是賺錢的吧。」

「賺的，都是可憐班紐所以給的錢。」

「是的，班紐很招人憐惜。」

還沒有到涼亭前，敏敏在黑暗中停下了腳步。貌隆和阿詠已經走到涼亭那邊了。

「也很招人疼愛。」

敏敏將班紐的小小身軀拉來抱住。醉意給了敏敏動力。今天晚上能夠得到這個小女孩嗎？敏敏強行親吻驚嚇到發抖的小處子的臉頰。

「不要這樣……不要……」

驚嚇得口齒不清的聲音，微弱得幾乎快暈倒了。突然產生的憐憫之心，讓班紐逃過了一劫。

往後退去的班紐全身顫抖著。

「因為愛你啊，班紐。」

敏敏又刷一下去抓住班紐的小手。

「你喝了酒！」

班紐的聲音顫抖著，並且夾雜著鼻音。

「一點點而已。下午舉行祭典的時候，覺大哥硬是讓我喝的。班紐愛哥哥的，對嗎？」

小女孩竟然沒有從敏敏手中掙脫出她的小手。憑著豐富的經驗，敏敏知道自己就要得到這個小丫頭了。他將女孩子抱過來，再一次親吻了她的小臉。

「老神婆跟哥哥是什麼關係呢？」

小姑娘微弱的聲音，在敏敏的耳朵裡，卻彷彿是極為猛烈的爆炸聲。敏敏放在女孩子身上的手，自然而然地鬆了開來。

敏敏看得到黑暗中等待著他答覆的，純潔的小臉。

「吳霸西算是我哥哥，不是親的，是堂表兄弟。」

「哥哥在他那裡是做什麼的呢？」

小姑娘微弱的聲音，彷彿在將許多針尖，刺進了敏敏的肌膚裡。

「經理，他的經理。要幫他安排祭典和其他所有事情。」

「喔……」

回覆著不停點頭相信著他的小女孩，敏敏慢慢地變得非常傷心。然後他的心中，產生了前所未有的，想要和這個滿懷希望地抓住他的手的小女孩一起，建立起一個新的家庭，並勇敢地面對整個世界的雄心。他輕輕地親吻小丫頭。

「愛你。」

這話雖然是在心裡說的，但卻是自己的真心話。班紐，請你相信，這和我曾經無數次跟其他偽娘或真女人所說過的「愛你」，絕不相同。

獵兔

哇高月初十四日

「嘿！這個區域是兩位王子所創造的放鬆心情的地區。在這區域裡，在這七天裡，人們的心被允許盡情地放鬆。被經濟、社會、貪念、嗔念和癡念所壓迫的人類的心靈，是壓抑得非常可憐的。好了，大家都把這些心靈釋放出來吧，給它們休息吧。尊神們下令了，大家就無拘無束地歡樂吧，大家可以無拘無束地歡樂。」

身穿著淡紫色綢緞長袖襯衫、淡紫色方紋紗籠，脖子上鬆鬆地綁著一條淡紫色絲巾，皮膚白皙，身材高瘦，漂亮的臉上搽滿脂粉的新進神婆丁獎所說的那些新奇的話，讓黛西珍這位資深神婆聽得一愣一愣的。

在說些什麼呢？文謅謅的，很跟得上時代的樣子。黛西珍聽不懂啦。丁獎當然會這些啦，拿過學位的知識分子呢。年紀也才三十多歲，是這一、兩年之內，以「神靈小王子丁獎」的名號迅速走紅的人。他是黛西珍他們神界的「玲莎妮索」[27]。他的神壇棚子有五、六間房子那麼大，是在一個院子裡面，讓人搭了一個大棚子，再整個租下的。

這女的外地的信眾也不少嘛。睡的人睡，吃飯的人吃飯，準備「甘多布耶」供品的人也在準備著。在他的身邊求神問卜的人，則在不停地詢問著。連我到來，他都只能合十著雙手請我入坐，說了句：「媽咪，請等一下喔。」就馬上接著卜卦去了。

他的小丈夫倒是拿了些醃茶葉和糕餅來款待我。

小子挺不錯的，樣子也長得漂亮，留著一個小鬍子，像個印度明星。大概是丁獎那女的有交代吧，都不敢來坐在我身邊，不敢跟我說話，只忙著去做別的事情。人家的老公可真棒！看看人家的，我卻因為自己家裡的不乖，一把年紀了才來當愛打官司的由美[28]。昨天晚上，那位大哥三點左右才回來，今天早上吃完早餐又出去了。我啊，忙著招待客人之外，還要來到處尋找老公，唱一齣尋夫記。到目前為止，他會去的神壇棚子都去找過了，臘杜莎梅們的棚子去過了，那個愛穿低領衣服，喜歡彎著腰在小高檯上卜貝殼卦的真女人神婆瑪欽特的神壇，也已經去過了。

因為都是自己可以欺負的，所以都粗暴地咒罵了他們。連他們遮擋著的後間，都進去胡亂找了一遍。人給的報應、神給的報應，全部都做了一遍。

也到過芮欽那個婆娘那裡。大清早的也不知浪到哪裡去了，沒有見到。一個棚子進、一個棚子出的，人都累壞了。一進到丁獎的棚子，就立刻說：「給我一瓶汽水！」得跟他們要汽水來喝。唉，既然是業障，那也只能承受了，有什麼法子呢。

「不跟君子，都跟一些小人來往，你當然被騙啦。如果尊神們讓你所有的損失都能夠化為微笑，這樣你滿意了吧？喏，為了能夠在騙子們面前揚眉吐氣，你要時時帶著這個絲巾。」

哎呀，挺會的嘛。正因為這樣，這女的才這麼出名。當黛西珍的眼神，在恭敬地承接著丁獎所給的橘黃色絲巾的婦女，和很帥氣地咬著香菸的丁獎之間來回逡巡時，丁獎那意味深長的眼神也射向了黛西珍。

「喂，今天是什麼日子？」

「獵兔的日子，尊神。」

「嗯，是為神靈們獵兔子、追兔子的日子。從前，兩位神靈會經常裝扮成凡人的樣子，來到這個當崩村的棕櫚樹林裡喝棕櫚酒。有一天，棕櫚林的主人，將烤兔肉當作下酒菜呈給兩位神靈。兩位神靈品嚐過烤兔肉後，發現味道極為鮮美，就將棕櫚林的主人叫過來，問道：『少年，這是什麼肉？趕緊回覆。』當他們知道這是兔子肉以後，就從凡人的樣子，現身回神靈的模樣，並命令往後但凡兩位當崩神靈駕臨，都要呈上烤兔肉。」

「就這樣，每次兩位王子駕臨，都呈烤兔肉給神靈。然而有一天，一位婦人將準備呈給兩位王子的兔子，從籠子裡放走了。當兩位王子到來的時候，沒有兔肉可呈。兩位王子對此非常生氣，極盡所能地咒罵、責難他們。那時候兩位王子也還年輕嘛。依據這個罵人的傳說，為兩位王子舉辦廟會的時候，就將月初的第十四天，也就是今天定為獵兔日，負責呈獻烤兔肉的村莊，要來進獻烤兔。來獻烤兔的路上，負責進獻烤兔的人，可以用任何方式辱罵任何人，被辱罵的人都不會生氣。罵人的人和被罵的人，在今天這個日子，罵得愈多愈厲害，或是被罵得愈多愈厲害，今年就會財運亨通，財源廣進。不久之後，進獻烤兔的人，就要來到大神祠附近了。大家去接受辱罵吧。那邊那位嬪妃，不去接受辱罵嗎？那位叫珍的嬪妃。」

27 緬甸知名女演員。
28 由美是緬甸一位以愛打官司知名的女性，具體身分並不可考。。

看，看，丁獎，丁獎，他在嘲弄邦女郎呢。

「啟稟尊神，臣妾不喜歡動口，只喜歡動手，尊神。」

哼，長記性了吧。不要現在才瞪大眼睛，神界的玲莎妮索！你也知道我的脾氣。

我小時候在獵兔日是怎麼做的，每個神婆也都清楚。

唉，小時候啊，身為邦女郎，多調皮都不知道了。獵兔日的話，開心得去大神祠附近等待著。進獻烤兔肉的人一來，就趕緊擠到前面去。來獻烤兔的人，男女老少都有，因為所有相關聯的，有此傳統的人，都得來進獻。老爺爺、老奶奶們最好笑了。因為他們不敢像年輕人那樣大聲叫罵，只好稍微動動嘴巴，無聲地咒罵著。黛西珍看到這樣，就去開那些老爺爺們的玩笑，硬是要他們大聲罵出來，非常的搞笑。年輕人們所咒罵的那些不堪入耳的言語，黛西珍也罵著告訴他們自己全部接受，大家都對黛西珍嘆服不已。

這個時候，神祠大主管、王妃們、四位大臣、宰相，以及所有戴兜帽的和戴邦帽的，應該都已經在大神祠的門口，等候著迎接烤兔了。按道理，作為一名戴邦帽的官員，黛西珍也應該去的。可是現在忙著找老公，哪裡有空去呢。

「喔，來吧，到前面來行禮。是打算唱歌的那位嗎？」

前來問神的人群裡，一個女孩子擠向前頭。丁獎刷一聲從女孩子那裡拿過五張兩百元的鈔票，將之貼在自己的額頭上以後，合十了雙手。

「是個藝人啊，尊神。既向您進獻她的容貌，也向您進獻她的聲音。請讓她的容貌人見人愛，她的聲音人聽人喜，無人能比呀，尊神。」

又出招了。神靈小王子可是連祈禱都想讓人跟著學習的呢。他可是從小就穿著一條短褲，到處替人請神送神的女強人，這種事情當然駕輕就熟。他可是有家族淵源的神婆。他的親叔叔就是神婆，也是個偽娘。

他成為偽娘也是有家族淵源的。打從剛上學的時候起，只要家裡不注意，他就常常逃課到叔叔主持的祭典跳神。家裡無論怎麼打罵、如何管教都沒有用。怎麼可能有用呢？這條路但凡踏進來就完了，踏進來就完了。

這女的倒是有一點運氣。在一個祭典裡，他叔叔正在請覺大哥起乩的時候，他恰好也去到那裡。那時候因為年紀還小，他什麼都不知道就跟著請神靈起乩跳神，結果嚇得信徒們開始信奉起他來。祭典裡面，覺大哥正在起乩的時候，敢跟著起乩的神靈可是很少的，於是從那時候開始，大家就相當信奉他了。他到處幫人請神送神的時候，才八年級呢。身上還穿著短褲。

他說他開始主持跳神的經驗，也是非常好笑的。那女的口才也是極好的。媽咪啊，命運是很神奇的。在翁山市場的一個美容店裡，實際上我只不過是去看男生的。可是在那裡見到什麼呢？見到抹谷[29]的一些女寶石商人。她們有一顆相當昂貴的寶石，怎麼都賣不出去。

已經想過很多辦法了。最後她們打算問神的時候，剛好就遇到我了。美容店裡的朋友們就說，不要去找那些出名的大神婆，太花錢了。這個女的是乩童，你們請他問，成功再給錢。於是我也就幫她們預測說，喂，你們要把東西拿回你們來的地方去賣才行，在這裡無論如何都賣不出去。

然後又說，嗯，成功的話，你們要舉辦三天的祭典和節目娛神。結果她們也說好。於是她們就回去曼德勒，在曼德勒立刻就賣出去了。她們很守信。她們回到仰光來，給了我兩萬塊錢置辦三天祭典。那個時候，舉辦一個三天的祭典，只需要花費八千塊錢，所以當時的兩萬可是不少錢。於是我很開心地將一萬塊錢交給神婆叔叔，請他幫忙置辦一切。剩下的一萬，我就全部一分錢不剩地買了布料來縫衣服。到了開始舉辦祭典的那天，叔叔因為記錯了日期，所以既沒有派人來搭棚子，他自己也不見蹤影。新進乩童可哭慘了。寶石商人們倒是說，沒關係的，就算錢被小孩子花光了，她們也甘願的。

結果一直到第二天清早，才有車子轟、轟、轟地開著來搭棚子，叔叔也才來準備祭品。沒想到叔叔又忘了準備「嗄多沙」供品，只好脫下戒指說，拿去當了。這才用五百塊錢當了戒指，準備好「嗄多沙」供品，然後噌噌噌地趕緊起乩。起乩倒是挺容易的。但是他那時既沒有信眾，很多事情又還有些陌生，正覺得很沒信心的時候，跟寶石商人們結伴來的曼德勒富人們，以為祭典取消，所以買好了火車票當天要回去。她們在他起乩的當下就出發去火車站，於是他也就負氣地幫他們預測說：「喂，等著，你們怎麼都不能回去的。你們一定要回來我這裡的，你們今天回不去曼德勒。」

她們離開沒多久，車子就轟地又開回到棚子前。

他說他自己都嚇到了。原來那些人把他們的鑰匙，落在留下來的珠寶商人們那裡，所以才回來的。

但是丁獎的預測可是就成真了啊。從那時候開始，那些富人們就一直信奉他了。

29 抹谷是緬甸著名的紅寶石產地。

這女的自從這個祭典結束以後，就成為乩童，成為神靈小王子丁獎了。他可以根據時代的發展，說一些很有道理的話。在預測、解釋等方面，又比其他神婆高明。他有能力籠絡現代的知識分子，他的信眾來自各個階層。

「所謂神靈，是以神來附身起乩的。會抖，但不至於暈過去。說暈到什麼都不記得，那是騙人的。神靈是知道的，附在人身上，能夠不知道嗎？」

看，就是這種。拐著彎說話的本事，見識到了吧？前來問神的人群中，一個研究神靈相關知識的人，正在不停地點頭。

「說神靈起乩，那都是騙人的，是神婆們在騙人。你們應該聽過，在敏東王時代，這個當崩廟會曾被說成是神婆們騙人的廟會，所以被禁止舉辦的事情吧。從敏東王在位時期，到今天為止，當崩廟會是一年比一年熱鬧，信奉神靈的信徒一年比一年多，這是為什麼呢？人啊，一旦自己的生活情況、經濟情況出現挫折，就想要找個可以信奉、可以哭訴的對象，不是嗎？英國政府重新開放當崩廟會是有目的的。不要以為是想讓老百姓們快樂開心。那種良心可是一分都沒有。他們是要在緬甸人因為淪為奴隸而感到自卑的時候，對於奴隸他們的英國人極端怨恨、痛心的時候，故意讓緬甸人轉移注意力。他們是在利用歡樂的節慶，來轉移喜歡慶典，喜歡尋樂的緬甸人們的注意力。而且時間也是剛好嘛。因為恰逢自己國家的兩位主子被人帶走[30]，整個國家都在懷念他們的時候，所以大家就更加愛戴、信仰兩位當崩王子了。人們長時間想要呼喚的『兩位主人』、『兩位主人』的稱呼，也只有到那時候才能夠隨意呼喊了啊。人們懷念的大皇宮、王妃、大臣、守衛等詞彙，也只有在當崩廟會，才能心滿意足地任意使用。在英國政府製造來減弱國民們恨意的廟會裡，神婆們只是替罪羔羊而已。舉辦當崩廟會，不是為了讓神婆們出來騙人，而是為了讓他們欺騙整個國家。嗯，但神靈是真的存在的。神婆是什麼來著？丁獎們的媽咪珍那句口頭禪，所謂神婆，就是繞著地獄這口大鍋的邊緣不停奔跑的人，對不對？」

黛西珍用不出聲的方式，咒罵著以開玩笑地方式出招的丁獎。這女的不僅會說話，而且話還很多。想說不知道能不能從他這裡探聽到敏敏的消息，所以才進來一下的，結果等他等個沒完了。

「記好了，神靈的崇拜，其實就是一種傳統文化。世界上所有的民族和國家，都有自己的迷信，不是嗎？用英文來說，就是 superstition。西方人認為十三是個不祥的數字，unlucky number，所以害怕得避開它，這就是一種迷信。緬甸也有許多迷信。例如說，生活在這曼德勒、皎施地區一帶的九個縣市的人們，出門旅行前要先點人數。一、二、三、四數到九個的話，就會說：『不行，不能這樣去，去叫一下石頭哥。』然後就會去撿一個石頭，放到自己即將搭乘的汽車、牛車上面去。為什麼要這樣呢？因為有一句諺語說：『九人九屍，不宜出門。』不知道是什麼人在什麼時候開始的這個迷信，直到現在都還被相信、接受著。這些迷信是人們逐漸接受、相信而產生的，然後又從相信成為了信仰。這個信仰又隨著時間的增長，轉變為傳統文化。就這樣，我們的神靈信仰，就是一種傳統文化。」

「事實上，緬甸傳統文化的百分之九十，源自佛教信仰，剩下的百分之十，則源自其他的迷信和信仰。將子女送往沙門時舉辦的布施慶典，就是源自佛教信仰的傳統文化。潑水節這樣的節慶，則是源自於剩下的百分之十的其他信仰的文化習俗。」

知識倒是增長了呢。可是丁獎啊，你那些繪聲繪影的長經，要什麼時候才能講完啊，死女人？

「剛才說的消災方法，是要到哪裡的佛像去施行啊，丁獎哥？」

「要到萬應大佛那裡去施行。要供上三盤『甘多布耶』供品，和一束紅通通的玫瑰。有嗎？家附近有萬應佛嗎？沒有的話就在這裡辦了吧，還更好呢。當崩的佛塔就是萬應大佛塔。要辦的話，留下五百五十塊，我就早早起來幫你辦了。」

丁奬裝作很不在乎的樣子，從一個拿著兩尺大的錢包的婦女那裡，接過五百五十塊錢夾到「甘多布耶」供盤以後，起身來到黛西珍的跟前。

「走了，丁奬哥。」

「好的，請一切放心。」

黛西珍輕輕貼近正在用偽娘特有的鼻音，做出很有禮貌的言行舉止的丁奬。

「明天早上你要一早就起床到萬應大佛，是嗎？」

丁奬用偽娘專用的斜眼刮向他。

「平白無故的，媽咪自己去吧。我什麼時候是個早起的婆娘了？說來聽聽？」

兩個人擊著掌哈哈地大笑了起來。

「好了，說吧，媽咪還要吃點什麼？要幫媽咪做什麼？伯啟啊，拿一瓶百事來給我。」

「唉，在我面前叫伯啟，能開心的人就開心吧。聽著，我什麼也不想吃，什麼也

30 這裡的兩位主子，指緬甸的末代君王錫袍（一八五九年一月一日～一九一六年十二月十九日）及他的王后。兩人在一八八五年十一月二九日，被入侵緬甸的英軍帶往印度，緬甸亦淪為英國殖民地。

不想喝。你也什麼都不能幫我做。你只要回答我一兩個問題。」
「老公，對吧？是老公的事情吧？」
「嗯，沒錯。今天早上你看到他來這邊嗎？昨天晚上又在哪裡見到過嗎？有聽說些什麼嗎？知道的話，告訴我。」
丁獎姿勢滿滿地一邊抽著香菸，一邊用一隻手掌，朝著黛西珍心臟的位置搧風。
「內心也太焦慮了，媽咪。隨他去哪裡，去做什麼，時間到了就會回來了啊。需要追他追到連工作都不顧不管嗎？」
「要追，一定要追。所有焦慮裡面，這種焦慮是無可比擬的。你們沒有焦慮過，又怎麼會同理我呢？」
「哎唷喂，我也焦慮過的啊。凡是偽娘，都焦慮過的。」
「嗯，焦慮過就不要說那些。走了，你什麼都不知道，對吧？我還要去找一下芮欽。」
「等一下嘛，媽咪也真是的。媽咪的芮欽，我讓伯啟去找啊，你不要去了。」
「哎呀，不要了，太久了，我自己去吧。」
黛西珍踩著重重的腳步，很心急地走了出來。芮欽那個風捲殘葉的婆娘，要到哪裡去找呢？在人潮滿滿的巷子裡推著擠著，心裡自然而然地生起氣來。敏仔，要是現在看到你，我一定先打你一巴掌，然後再用我的腳踩著你的頭，脫下所有我的東西。你這是在給我找麻煩，在要我的命。

「喂，邦女郎，又丟了丈夫啦？」

喏，那個浪女輕蔑、嘲弄的聲音。這婆娘還穿著印尼蠟染襯衫什麼的，坐在人家的棚子上叼著根菸。

「喂，芮欽，過來，我正在找你呢。我有事情要問你。」

芮欽冷著一張臉，百無聊賴地起身過來。黛西珍雖然罵了一聲娘，芮欽卻絲毫不改神色。

「你家那個的事情不要來問我。浪費口舌。想要新的話倒是可以說，我幫你買。我見到一個小男孩，價錢不錯。你留下錢，我幫你買。」

「算了吧，我的娘親。娘親自己享用吧。好了，告訴我，關於敏敏，你都聽到些什麼？晚上沒有見到過嗎？」

芮欽像先前那樣，不動神色地保持安靜。

「喔，你在搞我喔。你知道的話就說吧，告訴我，我的大小姐，麻煩你說一下吧。」

「我說了又能怎樣呢？你自己拿不住他已經很久了。時間到了的話，自然會回來的。」

「你是知道我的脾氣的，芮欽。有事你就說吧，那傢伙在哪個棚子裡？說！所有有妓女的棚子，你是都知道的。」

「嗯，所有我知道的棚子裡，都沒有你家那個。跟你家那個有一腿的，是一個良家婦女，不是風塵女郎。不要問是誰，我不知道。昨天晚上我也只是從遠處遠遠地看到罷了。就這些，知道了吧？」

氣勢凌人的芮欽所說出的話語，讓黛西珍無言以對地呆愣了起來。在當崩廟會的道路中央，忌妒之神真的附身到黛西珍身上，讓他無法自持地激動顫抖了。

「芮欽，對方是誰，你真的一點都不知道嗎？不是你認識的人裡面的嗎？」

「唉，孽障啊，都說了不知道。」

「神靈會殺死你！」

「殺！殺！」

「多大年紀？年紀大了嗎？還是小小的呢？」

「小小的，不超過十六、七歲。多大年紀你不用問。一個跟著六十多歲人的傢伙，出軌自然是要找十六、七的啦。」

黛西珍的所有焦慮和怒氣，都堆積到了芮欽的頭上。芮欽冷著一張臉承受著黛西珍數不完的辱罵，同時特意找一些會讓黛西珍痛心的詞彙來回他。

「不要來罵我，你也聞聞看你自己，老人味都那麼重了。」

黛西珍不停地咒罵著轉身離開了了芮欽。

「喂，等一下，給我留下報訊息的錢啊。」

「每次你要，我就得給你壓口錢嗎？我真該給你的。」

芮欽哈哈大笑著留在原地。心中焦燥萬分的黛西珍，則跺著腳快速穿過神壇棚子間的各個小巷，人家從棚子上微笑著和他打招呼，他也無法回應。

敏仔，敏仔，你不知道第幾次讓我如此痛苦了。我已經用不同的方式告訴過你了，硬的軟的，各種方法都用過了。我還以為，你對我會有一點感情的。結果現在，你在想著用雙腳踢向我的胸口，然後把我丟棄了嗎？

「珍。」

黛西珍的手，突然間被人抓住。快要落淚的黛西珍嚇了一跳。喔，還以為是誰呢。

「奈貌。」

刺鼻的酒味，鑽進了黛西珍的鼻子。穿著一身破舊的衣服，看不出花紋的紗籠，雙眼通紅、臉頰浮腫，頭髮枯黃毛燥的酒鬼——偽娘奈貌。在他當紅的那個年代，因為長相好、會說話，所以被女人們環繞著的超級明星。奈貌緊緊地抓住黛西珍的手，並來回摩擦黛西珍那搽滿脂粉的手指上戴著的戒指們。

「珍，老闆娘啊，真漂亮啊。給奈貌留下點錢喔，奈貌還沒有吃飯呢，親愛的。」

真是造孽。這種時候了，還在用從前的奈貌姿態誘惑他呢。就是靠著這些姿態，奈貌騙到了許多婦人和富婆，說實話，連自己都喜歡過他呢。是啊，他剛踏進神界的時候，還不是偽娘呢。身材高大，皮膚白皙、英俊，常穿著一條長褲。白色褲子就配上白色襯衫，褐色褲子就配上褐色襯衫，非常賞心悅目。口中叫著「奈貌主子」、「奈貌主子」的婦女們，把他的神壇棚子圍得水泄不通。婦女、賭博、酒精、毒品全部都碰，讓他惹上不少麻煩。最後因應了誓言。因為不守誓言、不守規矩地胡來亂來，結果惹了不少麻煩，名聲也逐漸低落，最後成為偽娘，再成為酒鬼，流落到了路邊。

到這個棚子攤開手要錢，到那個棚子攤開手要錢，靠這些錢餵飽肚子，然後隨意睡在路邊，看著也挺令人難過的。他就要這樣過到死了吧。

「喏，拿去，拿去。我也沒有帶很多。走了，家裡還丟著很多事情呢。」

儘管已經把一張十五元鈔塞到他的破口袋裡了，但奈貌還是不放開黛西珍的手。

「別啊，等一下嘛，奈貌親一下。」

「喂，別，別，不要親，走開。拜託讓我走吧，奈貌主子，請放過我。」

黛西珍死命地掙開像往常那樣纏人的奈貌，然後跑了開來。

真怕自己淪落到奈貌這樣的生活。業障啊，業障。偽娘的生活，是非常大的業障。敏仔啊，欠你的業，我想這輩子就把它還完了，這輩子就把它還完吧。

黛西珍一打開院子的門，就聽到：「喏，來了，來了。」黛西珍的信眾和客人們可真不少啊。

「哎，什麼時候到的？說說，來吧。」

為了謀生，還是要帶著焦慮，裝作沒事的樣子。雖然很想哭，但還是要保持笑容。

「那位老闆娘，不要嘟著一張嘴。給尊神們的紗籠布，有帶來嗎？去年就仔細交代過你的。」

一邊煎著炒著，一邊準備走上樓梯的當下，阿鵬基出現在廚房門口。當拿著一隻湯匙的阿鵬基，朝著樓上使眼色並揚起下巴時，老邦女郎心裡跳了一下。他已經回到樓上了啊，還會回來的啊。

「好的，好的。你跟他說吧，他會幫你處理的。他已經來了。」

黛西珍聽到了將他的心擄獲了一輩子的聲音。那是很聰明、很幹練地，將樓上的信眾們安撫好的聲音。

黛西珍進到了前廳。

「這裡大家都在等黛西珍呢，等了很久了。」

他好像沒事人那樣。穿著打扮得也非常年輕帥氣，我的大少爺。

「好了，說吧。都是些什麼事啊？說吧。快點說喔，我為了找老公的事情，跑來跑去的，好累人呢。」

知道黛西珍脾氣的信眾們嘩地一聲哄堂大笑起來。敏敏什麼都不知道似的，微笑著拿了一瓶放好吸管的飲料來給他。

「就是為了這些，我才那麼煩惱的。」

黛西珍的信眾們又笑了起來。大少爺用眼神警告黛西珍。意思是別胡說八道了，做自己該做的事情。會做的，會做的，我會做的。為了讓你能吃，能穿，能和女人找樂子，我會繞著地獄這口大鍋的邊緣不停奔跑的。

「好了，說吧，是屬什麼生肖的兒子和女兒啊？」

「是屬禮拜二的兒子，和屬禮拜四的女兒。」

「嗯，是鑽石般穩固的生意夥伴呢。『成親要找，週日週五、週二週四、週六週三』這句話，大家都聽說過吧？生意財富，都還會像潮水般上漲的。啟稟尊神，奴僕禮拜二生子和禮拜四生女，向大爺爺、小爺爺依序獻上花錢、鏡子錢、檀香錢、治裝錢等費用。他們願意匍匐在您們跟前，完全臣服於您們。請讓他們吃得飽，請讓他們穿得好，請讓他們收穫豐富。從今時今日起，請保佑他們的整個家庭，無論健康、事業、人事，所有事情都能夠順心如意。」

「正在談一筆生意，一個禮拜能夠談得成嗎？幫幫忙吧。」

「嗯，談生意的時候，帶著鳳凰花和蒲桃枝去談，會成功的。如果成功，明年要舉辦一個『德布耶』祭典，聽到嗎？」

「會舉辦的，放心吧。」

「嗯，『王重誓言，人重承諾』，沒錯吧？說吧，你又是哪一個生肖的兒子和女兒？」

「兩個都是生肖禮拜天的。兒子們是禮拜六的、禮拜五的，和禮拜一的。請幫忙祈禱，讓我們的生意變好，我能夠升遷，兒子們通過考試，還有能夠買輛汽車什麼的。」

「嗯，嗯，還真是讓人覺悟呢。想要的那麼多，供奉給神靈的，卻只是一張四十五元，是嗎？」

「是因為想要成九之數啦，黛西珍。」

「唉唷，那麼想要成九之數的話，那就九張九十元鈔啊。喏，你的四十五元，拿出來，五張九十元。」

「會給的，放心。」

說著叫著，煎著炒著的黛西珍身邊，搧來了幾絲扇子搧出的風。還能有誰？最會撒嬌的敏仔唄。就這樣一步不離，歡歡喜喜地留在身邊吧。親愛的，我會不辭辛勞地賺錢養你的。

「嗯，明年事成的話，可不許忘記喔。『王重誓言，人重承諾』。好了，讓你出入平安，萬事順心如意。」

樓上解決了一批客人，黛西珍身心俱疲地躺到藤枕頭之上，敏仔則將「甘多布耶」供品盤子裡的錢收過來點數著。

「你亂逛去哪裡了？客人們都在這裡等著呢。」

唉唷，賊喊抓賊的，他還端著一張臉呢。在客人前的時候是一個樣子，後面又是另一個樣子。黛西珍生氣地坐起身子。不要來惹他，今天可是獵兔日。

「喂，我可是到處去抓你這個浪子，我是沒有什麼理由到哪裡去亂逛的。倒是你，昨天晚上和今天早上，都跟哪個女的出去了吧。」

「夠了，胡說八道的。我是有事才出去的，誰跟你說的，說！」

「是人家看到的，看到的。是親眼看到你的人跟我說的，芮欽親眼看到你們的。」

「哎呀，從那裡就錯了嘛，你錯了嘛。你相信芮欽的話啊？你不是常說，芮欽的話只能相信三分之一的嗎？」

黛西珍只好安靜了下來。是這樣沒錯啦，芮欽的話只能相信三分之一。那女的也可能是故意讓我煩心的。焦慮的當下，我也沒辦法考慮他說的合不合理。嗯，其實也都差不多啦，芮欽跟敏仔都差不多。他也欺騙過我很多次了。

看著為下午的「德布耶」祭典井然有序地準備著「嗄多沙」供品的敏敏，黛西珍的臉色變得明朗了一些。

又有一波客人走上樓來了。才觀賞過進獻烤兔的隊伍而來的人們，說說笑笑地討論著那些令人嘆服的咒罵用語。

「被罵了很多，是嗎？不好嗎？被別人罵？」

黛西珍打招呼的用語，讓人群中的幾個黃花閨女害羞地大叫了起來。

「哎呀，這又不是什麼羞人的事情。在今天這個日子裡，無論怎麼咒罵咒罵，兩位王子都會原諒大家的。被罵得愈多，財運就愈會亨通。」

眼鏡閃閃發亮，鑽石耳環也閃閃發亮的幾個婦女，帶領著一整群人，向黛西珍的邦帽和神壇恭恭敬敬地行禮。

「黛西珍啊，請一下兩位王子吧。」

黛西珍將一位胖嘟嘟的婦女呈上來的五張九十元鈔貼在額頭，念念有詞地祈禱一陣之後，將之夾在「甘多布耶」供品盤裡，然後他又合十雙手念念有詞地開始起乩。於是他那合十著的雙手，便慢慢地敲擊起他的額頭，並開始不斷地抖動身體。

「喂，嬪妃們，來本王跟前行禮。家大業大的禮拜六生女，如約來到本王前來了啊。」

「是的，來到了，尊神。」

黛西珍的身體一邊坐著，一邊自然而然地不停擺動著。同時他的眼睛，也呈現出迷茫的神情。

「喂，弟弟，呈香菸上來。」

敏敏呈上了兩支併在一起的香菸，以及已經預先開好的飲料瓶。

「這位是宿主的心肝弟弟。」

來了。黛西珍又照例惹得客人中的少女們大笑的時候，敏敏又該害臊了。因為害臊，所以想坐得遠遠的也不行。

會被叫回他的身邊。還好，起乩的是喝飲料的神靈。如果是喝酒的神靈，敏敏就要更加煩心了。

「喂，你知道本王在保佑你的吧？」

「是的，尊神。請保佑得比現在更多些吧。我很想搭新車來到尊神們跟前呢，今年因為生意不好，都換不了新車啊，尊神。」

「嗯，從這裡回去就讓你換車的話，你不滿意嗎？」

「滿意的，尊神。」

「嗯，會讓你換的，好嗎？只是你換了之後不要忘了本王。要進獻兩匹紗籠布，六條頭巾，聽到嗎？」

「好的，尊神。」

「喂，弟弟，為本王搧風。」

「一定要弟弟嗎，尊神？大妹子來搧吧。」

一位婦女開玩笑地作勢要拿起敏敏手中的扇子，神靈就「啪」的一聲用手掌打向了地板。

「不想要，只要弟弟。」

客人們哈哈大笑起來。敏敏一邊搧著扇子，一邊得體地微笑著。被神靈附身的宿主黛西珍，則一邊用愛慕的眼神斜睨著他，一邊仰頭喝著飲料。

為相關的人祈禱歌唱，希望他遠離危險，預祝他成功勝利，現在就為他高歌凱旋，妾的情意，妾的情意，請他開懷暢飲……

從院子外面傳來的甜膩歌聲，讓正在搧扇子的弟弟感到震動。大王子黛西珍則是高傲地舉起飲料瓶，準備繼續起乩。

相關的人啊，是否還記得妾的聲音……

大王子的弟弟「啪」一聲丟下了扇子。就讓他……就讓他像現在這樣，繼續閉著眼睛起乩吧。

哪怕日夜變換，舊情不忘，情意綿綿，相關的人，仍然是親愛的你……

大王子黛西珍從閉著眼睛起乩的狀態，重新張開雙眼時，大王子的弟弟已經不在身邊。去哪裡了呢？是哪位重要的客人到了嗎？

「尊神，這位禮拜二生的小女，打算下個月到國外工作呢。這事肯定能成嗎？她有出國的徵兆嗎？」

「嗯，生肖屬禮拜二的姑娘，是嗎？」

大王子斟酌著說辭的當下，突然起身站直了身子。

一直盼望著，一直盼望著迎接你……

歌曲結束的聲音，以及隨之而來的拍掌聲，黛西珍現在才聽見。

「嗯，哪天生的姑娘，喔，禮拜二生的姑娘，想出國啊。」

姿態滿滿地抽著香菸，最先進入大王子黛西珍眼簾的，是唱歌的女孩子頭上披蓋著的鮮紅色頭巾，然後才是一旁含笑看著她的大王子的弟弟，黛西珍的敏敏。

大王子黛西珍的身軀，現在才更加顫抖起來。懂了，我懂了，敏仔，我全都懂了。芮欽是我的髮小，有事自然會維護我的利益。芮欽沒有騙我，騙我的人是你！呸，只要是真女人，你是什麼都不挑了啊。富婆黛西珍的老公，竟然跟討飯的女人在一起。

你是真的挺喜歡她的啊。喜歡到連我小時候綁過的頭巾，都偷去巴結她呢。呸，我真可憐我的頭巾！

神色不動地持續顫抖的大王子黛西珍，心中的某個部分雖然已經被控制住，但被妒火燃燒著的黛西珍某部分原始的心靈，卻正在要求他跑到樓下，拉下女孩子頭上的頭巾，並將之扯成碎片。

「大王子，生肖屬禮拜二的小女，能夠出國嗎？」

大王子黛西珍不動聲色地顫動著將身體從窗戶轉回室內。

兩個人互牽著手，互相融進彼此生命……

大王子丟出的飲料瓶，「啪」地一聲打中了屋子的牆壁！

然後大王子黛西珍摔倒在地板上扭動著身軀大叫道：

「不想聽！不想聽！快把那個唱歌的女乞丐拉出我的院子！」

伐騰木[31]

哇高滿月日

滿月日晚上的月光，雖然將當崩村外的破涼亭照耀得明亮澄澈，卻無法照拂到躲在樹下的兩個人影。

敏敏緊抓著班紐的小手。在影影綽綽的月光底下，班紐脖子上的頭巾，偶爾閃現出亮眼的紅光。她挺喜歡它的，她說自己從來沒有得到過這種東西。

「身邊帶著這塊騰木的話，班紐們就會有很多的錢了吧。」

「當然，會事業成功，對事業有幫助的。」

「嗯，班紐們又沒有事業。」

敏敏笑了起來。

「班紐們唱歌就是事業啊，班紐。」

班紐將握在她手中的一小塊約莫一指長的騰木，拿出來對著月光仔細觀看。

「班紐去年看過人家砍騰木，是從很遠的地方看的。大家搶得很厲害喔，還在揮著刀也去搶。這個也是哥哥擠到人群裡去搶來的嗎？」

「哥哥們是不用搶的。這是從神祠主管砍來進獻給兩位王子的騰枝上施捨來的。這種騰木人們還更想要呢，說是更能讓生意興隆。」

「為什麼要砍騰木呢？」

「喔，現在這兩位王子的爺爺是阿努律陀王。阿努律陀王曾經砍過一棵有神靈守護的騰樹。守護騰樹的神靈為此感到不悅，變身成一隻水牛撞向阿努律陀王，阿努律陀王因而駕崩。王子他們怨恨騰樹。所以廟會的時候，特別規定了一個伐騰日。到了當天會在神祠四周種上騰樹枝，然後由神祠主管起乩，將這些樹枝砍成許多段，再把這些砍好的騰枝，進獻給兩位王子。在神祠的主管揮刀砍伐騰枝的時候，如果進來搶的人被刀子砍傷了，主管是沒有罪的。但是人們卻不感到害怕。說是可以讓生意興隆，所以硬是擠進來搶奪。」

「是啊，很可怕的。」

班紐解下脖子上的頭巾，小心翼翼地將騰木綁在頭巾的一角，然後再將頭巾仔細地綁回脖子。她好像得到一個玩具般感到歡喜。要是聽到那個三八婆的話，她會如何自處呢？他說班紐配不上他的頭巾，說他那已經過了時的古代頭巾，因為觸碰到班紐的皮膚，所以被玷汙了。說得非常難聽。獵兔日的夜晚，因為戴邦帽的大官吳霸西的各種咒罵，而變得更加貼切。敏敏又是跟他講道理，又是對他撒嬌，又是向他發脾氣，用了很多方法讓那個三八婆安靜，讓那個三八婆相信自己。

有什麼大不了的嘛。因為看小姑娘可憐，歌又唱得好，所以給她錢、食物，以及黛西珍這位富婆塞在箱子底下的一條舊頭巾，這又有什麼大不了的？不是因為喜歡那個小女孩，也不是因為愛那個小女孩，不相信就算了。

事實上那三八婆似乎並不太相信敏敏的說辭，敏敏知道的。但是那天晚上他一晚上都沒有出門，今天也整天宅在家裡之後，黛西珍就變開心了。雖然變開心，但對敏敏還是絲毫不肯鬆懈。不過下午在小神祠舉行完一個祭典，客人們忙進忙出的時候，為什麼要來到這裡呢？老三八婆因為小神祠祭典上的覺大哥的緣故，是有點醉了的。

31 騰木，小葉帽柱木屬，學名為 Mitragyna parvifolia。

醉了他就會睡覺，希望他睡熟了吧。

「今天中午都沒有去到哥哥們那邊，因為有一個棚子裡的人叫我唱了好多歌，也給了我很多錢，還有很多飯菜。」

「得了很多錢就不來哥哥這邊了啊。」

「不是的。昨天哥哥不是說了嗎，說明天不要來我們這邊。哥哥的那位神婆哥哥，不是不喜歡人家在他起乩的時候來唱歌的嗎？」

「嗯，嗯，是的。」

真是可憐。

因為這個小姑娘又可憐又單純，所以敏敏才心繫於她的。

「當神婆真好啊，哥哥。」

「什麼？」

「我說當神婆真好，班紐就想當神婆。」

哎呀，這小姑娘到底是個怎樣的女孩子啊。

「是的，神婆可以從頭到腳搽著黃香楝木享受生活，都不用做什麼辛苦的事情。像班紐們這樣的，神靈們卻不選喔。是因為沒有錢嗎？是嗎？」

「不是這樣的。」

「是這樣的。有一位在這當崩村裡賣牛奶稀飯的大姐姐也是這樣說的。說她也很想當神婆，不想賣牛奶稀飯。但是神靈卻不遴選她，她說神靈只保佑外地人。」

「胡說些什麼呢，這個丫頭。」

班紐小聲地笑著依靠在敏敏的肩膀上。

「過了明天，廟會就結束了喔。」

「嗯。」

「哥哥你們要回哪邊呢？班紐們明年再……」

「怎麼會是明年呢？這期間哥哥會來班紐你們那裡的。」

「哥哥要來？」

班紐刷地與敏敏拉開了距離，並在黑暗中不敢相信似地看著敏敏的臉。

「哥哥要來跟班紐一起生活嗎？是嗎？」

可憐的小姑娘。敏敏將班紐的小手心疼地握在手裡。

「是嗎？班紐可以跟哥哥一起生活嗎？」

「當然是的，班紐當然要跟哥哥一起生活的。」

為什麼會說出這些話？我自己也搞不懂自己了，班紐。說實話，我真的沒有料想過自己會說出這些。

「我愛哥哥。」

我真的為你誠摯而熱情的聲音感到羞愧啊，班紐。我也為自己無法坦誠的生活感到傷心。敏敏溫柔地親吻班紐的小手。就在那親吻的當下……

「喂，敏仔！」

月光和樹葉都足以驚嚇顫抖的聲音。

敏敏放開了班紐的小手。

「喂，敏仔，你在哪裡？出來！」

他跟過來了！最後，他還是跟來極盡全力地毀滅敏敏的人生了。

「敏仔，你沒聽到我在叫你嗎？」

作為一個五百塊錢買來的奴隸，吃他餵的，拿他給的，做他指使的，妥協地承受他的一切的奴隸，應該要聽從他的命令了嗎？

「喂，我都喊成這樣了，你不會覺得害羞嗎？你也太不要臉了吧？出來！你跟那個偷人家老公的女乞丐，睡到哪裡去了？」

敏敏轟地一聲站起了身子。雖然他輕輕推開了顫抖著的班紐，但小姑娘卻緊緊地拉著他的手。

「哥哥，哥哥你是神婆的……」

急著說出口的，口齒不清的微弱聲量，非常嚇人地流淌到了敏敏的身軀裡。

「喂，敏仔！」

「走吧，班紐，走吧！」

敏敏從黑暗裡走了出來。破涼亭裡的貧苦人們也跟著躁動了起來。

「街坊鄰居們啊，不要臉地吃著我以男子漢的身軀，搽著胭脂、塗著口紅辛辛苦苦賺回來的食物，還要從我的鬥雞缽裡撈錢出來玩女人的人，大家想想看啊……」

在讓人丟臉的功夫方面，手段極其高明的黛西珍，月光似乎特別將光打在他那張尚未卸妝的憤怒臉龐上。剛解開髮髻還來不及梳理的頭髮亂七八糟的。在銀色蕾絲短版上衣之上，長長的珍珠項鍊不停地搖擺著。一雙圓睜著的，還沒有取下假睫毛的雙眼，閃閃發著光芒。

「喂，叫你出來，你還不出來嗎？就算你要跟女乞丐一起去乞討生活了，也把我給你的東西脫下來，全部脫下來給我，敏仔！」

「閉上你的嘴！」

黛西珍突然被很用力地拉了一下手。焦慮的眼睛昏花著，沒有看到敏敏來到他的身邊。

「你要是再不閉嘴，我就要打你了！」

「哼，你嗎？你碰我試試看啊？我的嘴巴，我想閉就閉。哼！我就要叫，就要叫，這裡啊，街坊鄰居們啊……」

敏敏堵住了黛西珍的嘴，然後鎖起他的雙手，強硬地將他拉走，於是黛西珍被他拖了過去。黛西珍極度疲倦的大聲喘氣聲，和涼亭上痛心的哭泣聲，跟隨在敏敏的身後。

由於羞愧、生氣和痛心而失去分寸的敏敏的雙手，不知道是用了多大的力，將老偽娘毫不憐惜地拉扯過來的。抵達樓上的時候，六十歲的老偽娘已經癱倒在地上了。

有著婦女般柔嫩肌膚的老邦女郎的手腕，都已經通紅地磨破了皮。銀色蕾絲衣服肩膀的部分，已經殘破不堪，頭髮和頭皮也似乎已經痛到發麻了。天啊，天啊！他竟然還拉著頭髮來的嗎？一路上我什麼都不知道，什麼都不知道了。因為太累，所以很努力地喘著氣跟著來的。

「水！水！給我喝水！」

只有疼愛霸西哥的心腹阿鵬基拿了一杯水來到黛西珍身邊。

他卻沒有回頭看黛西珍一眼。只是咬著牙，緊握著他的拳頭。

「累死了，我恐怕是要死了吧。這是在殺我啊，這是要把我殺死啊。」

「什麼？」

敏敏轟地一聲轉過身子來看向黛西珍。

「只是讓我丟盡臉面，只是讓我人生幻滅，你還不覺得滿足，還想讓我進到牢房裡，是嗎？是啊，也沒什麼稀奇的，這本來就是你們這些偽娘的習性吧。想要的時候留在臥房，不想要的時候就送去牢房，這就是你們常做的吧。需要的時候任意差使，不需要的時候，就說人家偷東西，說人家想殺人，然後就把人送進牢房裡！」

「喔，你很了解偽娘們的事情啊。」

憑藉著邦女郎的精神，老偽娘掙扎著坐起身子。

「等等，如果偽娘們那麼不好，你為什麼要跟偽娘待在一起？不要待在一起啊，你可以不待在一起的。」

「我還不了解之前就待在一起了啊。從了解一切的那一刻起，從很久之前，我就已經不想待在這裡了！」
「喔，所以現在不想待在一起了啊。吃飽喝足了，就要一腳踢開這個老傢伙，去跟那個十六歲的小年輕在一起了啊。」
「沒錯！我要娶老婆，我要結婚了！」
黛西珍呆愣地聽著敏敏那從未聽過的極為果斷的聲音，他的臉上流下了許多淚珠。
「不可以娶老婆，你不可以娶老婆。你只可以愛我，你難道不愛我了嗎？」
黛西珍突然哭著抱住了敏敏的後背。
「我離不開你，你走了我就死了，你不如殺了我吧。」
「讓開，別對我做這些事情！」
敏敏看著瘋女人黛西珍那張淚水混合著紅色、藍色及黑色胭脂，已經哭花了的臉。
「你說愛我，不過是說說而已。你什麼時候站在我的立場考慮過？你總是只為自己考慮。我告訴你，人們怎麼看待你們這些偽娘？他們噁心你們，厭惡你們！他們一看到偽娘，就想要躲得遠遠的，沒有人歡迎你們，連你們的親戚都不想多看你們一眼。明明知道這些情況，卻依然跟你一起並肩同行，你知道我需要為此鼓起多大的勇氣嗎？是的，像你喊的那樣，我是一個吃偽娘軟飯的傢伙。但我不是個時間一到就只顧著喝酒，穿著漂亮的衣服騙吃騙喝的人。為了我所吃的飯、所穿的衣服，我做了許多的事情，我幫你做了許多的事情。我甚至連你的紗籠，都幫你摺過。這是為了什麼？說白了，是因為對你有感情。是感情喔，跟愛情、跟情慾、跟性慾，沒有任何關係。在我還不懂事的時候，是有過那些的。但我懂事了以後，你就是我的哥哥，我的叔叔。我想要結婚。請讓我脫離這樣的人生吧。」

老偽娘十分驚嚇地看著向來按照他的安排生活，聽從他的指使工作，妥協地承受他的一切的敏敏，迸發出的爆炸性情緒，嘴裡還不知所措地叨念著：

「我有什麼罪過？我有對你做過什麼嗎？」

「做過什麼？是嗎？就是你常跟我說的話啊，可以讓我生氣，但是不要讓我痛心啊。你說生氣可以消氣，但痛心就永遠都消除不了了。你所做過的讓我痛心的事，已經多得數不過來了，吳霸西。你在大家面前丟我的臉。只要你心裡有一丁點不滿意，就在祭典當中咒罵我的媽媽，我的姊妹。你還打過我的臉。明明沒有的事，你卻指控我跟不好的女子尋歡，硬是把我從人家的棚子上拉下來，拉著我到整個廟會四處展示，丟盡了我的臉面。還有你在三輪車站這樣的地方叫我小偷，你忘記這件事情了嗎？因為事情發生在我即將去探望母親的當下，所以我一輩子都不會忘記。就這個戒指啊，這個戒指。你說我去探望母親的時候不准戴戒指去。是因為怕我那窮苦的母親把它拿了、偷了吧。我可憐兮兮地向你求過情。我說一枚戒指就讓我戴去體面一下吧，保證不會發生什麼事情。結果你看你做的好事。你在家附近的三輪車站裡，追著已經坐在三輪車上的我大喊：『不經我同意拿我的東西就是偷竊，我要叫了喔，小偷，小偷，偷戒指的小偷！』我全都記得的，所有你做過令我痛心的事，我全都記得！」

「會做那些事，是因為我愛你啊！會覺得羞愧，會感到疼痛，這樣你以後才不會再做我不喜歡的事情了啊。算了。好，後來我還對你做過什麼嗎？什麼事情都按照你的意見，你的安排，我不是把一切都交給你了嗎？」

「我就是個可靠的奴隸吧。根據你所說的要節儉，要不吃不穿地存錢的規定，我所有的花費都要做成報表呈交給你過目。」

「欸，那是因為你是個老實人啊，因為你不會在報表動手腳騙人啊，因為你很誠實地把帳目呈交給我啊。」

「那也是因為你才會變成這樣的。我會騙人，會亂搞，都是因為你。」

「好，好，我輸了，我輸了，就你贏了，你就贏了吧，就算都是我的錯吧。」

「你才不輸呢，你為我花的本錢也才一點點，才五百塊而已。」

「欸，我的本錢不是那五百塊，我的本錢是我的心，我是用我的這顆心來當本錢的！這個本錢輸了的話，我的人生還有什麼意義呢？我只有死了。」

老邦女郎的哭聲充滿了心碎的痛楚。

「像你那麼說的話，我因為愛你，所以原諒你的事情也有很多呢。你因為女人的事情，用拳頭打我的臉，結果打到了眼睛。從那個時候起，我的眼睛就變花了，我的眼睛直到現在都好不了了。」

敏敏一聲不吭地保持安靜。老邦女郎又狠狠地擦拭著他的眼淚。

「沒關係，你現在要娶老婆了是嗎？我們這些偽娘，總是在提心吊膽地等待這樣的事情到底什麼時候會發生。我們知道自己總有一天會被人一腳踢開，然後不論死活地被遺留下來。你也已經覺得我老了，對我沒感情了。都說凋零的葉子不再接上，甜蜜的美夢不再重來。我明白的，我會努力跟你切割的。鐵要用火，才能熬成汁。鑽石要用鑽石來切割，鐵要用鐵來切割，心也要用心來切割，才會切得斷的。我會努力切割的，哪怕我的心會碎成碎片，我也會切割的。」

淚水再次滑過老邦女郎的臉。

「昨天晚上我一個晚上都睡不著。不管你怎麼哄我，我都知道你已經跟女孩子好上了。我考慮過，你如果要娶老婆，我是不是能夠斷得開你。一想就，唉，過去那些一起吃喝玩樂，一起佈施做善事的情景，就像播放電影一樣，全部出現在腦海裡。生病的時候，互相扶持照顧的畫面；出門旅行的時候，互相體貼恩愛的場景，全部都出現在腦海裡。然後我的眼淚就一直流，一直流，讓我完全沒有辦法入睡。我一整個晚上都醒著，直到天色大亮的時候，我才起來喝了些酒，睡了過去。」

「我已經說過，過去的事情都過去了。不要再講了。現在要緊的，要果斷決定的，是我們未來的人生。」

「喔，你當然不會再想這些，再懷念這些啦。因為你已經能夠對我殘忍了，已經痛恨我了啊。」

「我已經說過了，我對你是有感情的。」

老邦女郎滿懷希望地看向他的小丈夫。

「你如果有感情，那為什麼不能和我待在一起？為什麼不能永遠待在一起？」

「聽好了！」

敏敏憤怒的聲音高聲響起。

「你不是女人，你是有著一顆女人心的男人！我也是男人，要怎麼和你一輩子待在一起？你不會明白的，你不明白的。」

「是，我不明白。我只知道我是女人，我像女人那樣生活，像女人那樣說話，像女人那樣笑，像女人那樣哭。我像女人那樣感受一切事物。我是女人，對於我來說，我就是個女人！」

「你就自己說到死，你也不可能是女人。你是假的，懂嗎？」

邦女郎精神上身的黛西珍，以百分之百的女性姿態，把手插上了腰肢。

「嗯，好吧，好吧，就算是這樣吧。踢走假女人之後，你打算要娶的那位真女人，是從前的老情人，還是現在那位小女乞丐？」

「你不要那麼無禮，說話要有點素質！」

「好的，有素質的先生。我在提問呢，請回答一下吧。您是打算跟哪位結為連理呢？」

「跟你沒有干係，我要娶的是班紐。」

「那位女乞丐，是嗎？等一下，你娶了她以後，你打算做什麼來養她呢？還是你要坐著吃她討來的？」

「我有手有腳，我可以當苦力來養她，可以踩三輪車來養她。」

「喔，連須彌山都足以翻越的偉大力量，是吧？要當苦力，當三輪車伕來養人家啊，我真是想笑呢。敏仔，你聽著！」

老邦女郎以一副勝利者的姿態撇了撇嘴唇。

「像你這樣一輩子輕輕鬆鬆地坐著吃我賺來的錢的人，你以為自己當得了苦力嗎？還差得遠著呢！」

「那你就等著看吧，我要走了，喏，你的東西。」

黛西珍難以置信地拾撿著敏敏丟棄到地毯上的物品。

「只有瘋子，才會丟掉項鍊、手錶、手鍊和戒指這些東西，去當苦力，去當三輪車伕。」

「我不是瘋子，你才是！」

「沒錯，我是瘋子。」

敏敏走出了房門。

「我……穿走了一套你買給我的衣服。」
「敏仔！」
老邦女郎伸手拉住敏敏的手。
「讓我走我的路吧，你讓開。」
「不讓開！」
「讓開啊！」
奮力地把人推開以後，敏敏迅速地跑下了樓梯。
沒有回頭看一眼跌倒在地的老邦女郎，敏敏跑進了黑暗之中。
小班紐，哥哥來了，哥哥來和你永遠一起生活了。

貼金

哇高滿月後一日

兩位王子來參加當崩廟會的最後一日。

依照過往的例子，為兩位王子貼金箔的日子，人群依舊擁擠無比。

神祠之上，為了替兩位王子的神像貼金箔，戴兜帽的王妃們和戴邦帽的官員們，都在忙個不停。他們需要快速為兩位王子的神像貼金，然後再為神像換上新的服飾和頭巾。

在神祠裡的人，忙著為神像貼金的時候，各個神壇棚子的神婆們，也在忙碌著。一個禮拜之後，雅德納谷地區會舉辦一個兩位王子歡送他們的母親——波巴老母的雅德納谷廟會。大家為了轉移陣地到該廟會，準備各項事宜。

在為期七日的廟會裡，能夠抱回一包錢的神婆，和本身就富有的神婆們，正在無憂無慮地安排著前往雅德納谷的各個事項，以及這中間一個禮拜的食宿等事宜。這時候以芮欽為首的一些神婆們，卻在開始著他們的典當出售事業。

有為了旅費而典當鬥雞缽的神婆。有典當神像的神婆，有典當刀子的神婆。有典當紗籠、衣服的人，也有出售的人。

因為輸牌而典當，因為喝酒而典當，因為賺不到錢而典當，有各種典當的原因。一些神壇棚子位置偏僻的神婆，沒有信眾、沒有運氣、沒有名氣的神婆們，是真的賺不到什麼錢。

典當的東西，等到雅德納谷廟會再來贖回。仲介芮欽在這種時候，就會忙得轉不開身。芮欽在各棚子間來來回回，跟各個神婆們忙來忙去。除了典當或出售東西以外，還有一些偽娘們交換及買賣丈夫的交易。有交換丈夫的，有想買這個男孩，或是想賣那個男孩的，忙得很。

在賺不到錢的一些偏僻棚子裡，有些神婆已經為了門面整整供了七天，並且將已經沾滿灰塵的炸雞，拿來下飯了。無論外界發生什麼事，為愛瘋狂的男子敏敏，都毫不關心地在各個人群裡，各個棚子間胡亂推搡著前進。

他那一雙失眠的眼睛，以探尋的目光四處尋找著。班紐在哪裡？班紐他們在哪裡？憂傷痛苦的歌聲，又會從哪一個角落響起？

在破涼亭上，已經沒有班紐他們的蹤影。

而且，而且，在任何地方，都沒有了他們的蹤影。

班紐已經逃走了！

在對某位騙子感到極端的痛恨之後，她逃走了。

可憐的被人欺騙的姑娘，你到底去到哪裡了呢？

如果自己還是一個孩子的話，敏敏真想就在當崩廟會的正中央放聲哭泣。帶著痛苦與疲倦的敏敏，已經不知道在廟會轉了多少圈，叫了多少次班紐。

敏敏忍不住靠著某個棚子前面的柱子坐了下去。

感覺快要生病了。

他閉上眼睛搖了搖頭。

怎麼這麼虛弱啊，要去當苦力，去踩三輪車的先生。

班紐，你在哪裡？

「是黛西珍的男朋友敏敏啊，應該是喝醉了吧。」

誰在說他是黛西珍的男朋友？誰？敏敏從柱子邊站立而起。

偽娘們，我不想看到你們。我要努力掙脫吳霸西的勢力範圍。無論我怎樣生活，都不關別人的事。敏敏已經變成了路上的流浪漢，路邊的街友。

他已經不是大富婆黛西珍那遊手好閒的浪蕩丈夫。他已經是需要自己謀求生活的流浪人。

班紐，如果看到你，我要跟你討要你乞討得來的飯來吃了。你會給我吃嗎？我已經很餓了。

要在某個地方睡一覺才行了。走著走著敏敏已經開始發燒了。神鼓聲在他的耳裡吵得他受不了。

班紐，我明天還要再找你一次。明天，滿月後的第一天，會在萬應大佛舉辦齋僧大會。還有所謂的「特布耶」，也就是把大家拿來供給佛祖的芭蕉重疊在一起之後，佛祖又施捨給信眾的慶典。

那個齋僧大會，那位三八婆每年都會參與。班紐啊，許多乞討的人都會來那個齋僧大會。我可憐的小姑娘，應該會來齋僧大會的。

想去找個地方睡上一覺。敏敏的潛意識，將他的腳步帶往了某處。將他帶往某個他熟悉之地。

一排棚子，然後是這邊，走過一個長長的圍牆，一個用九重葛做成的拱門，腳步在不由自主地前進。眼睛們都快要睜不開了。

來到九重葛拱門前的時候，腳步自然停了下來。然後像鬆了一口氣的人那樣，敏敏整個人都癱倒在地。

他什麼都不知道了。

是誰在叫他「敏仔」？

焦慮地呼喚著他的，必然就是班紐。

不要哭，班紐。哥哥想在班紐的懷裡生病。

＊＊＊

當崩小路上，從廟會返程的漫長車列緩緩移動的樣子，讓人的心情也隨之憂傷不已。

哇梭、哇高風，也在向漫長的車列進行道別。

一輛剛從廟會廣場出發的小轎車前座裡，老邦女郎非常擔憂地懷抱著因發燒而虛弱無力的小丈夫敏仔。

他一邊念念有詞地誦唸著佛經，一邊還不停地向兩位王子祈福。請保佑他健康，保佑他無疾無病。有什麼要死人的病，請轉移到奴才的身上吧。奴才已經很老了，已經接近死亡了。

緩緩移動著的車子，突然停了下來。穿越鐵路的大門，已經被關閉了。

老邦女郎回頭看了一下車子後座的東西和阿鵬基他們。東西都沒有問題嗎？唉，如果是他的話，又哪需要操心呢。他會跟在車尾，仔細地盯著東西。黛西珍只需要輕輕鬆鬆地坐在前座一起出發就行。

老邦女郎帶著女性專屬的焦慮眼神再回過頭來看向敏敏的臉龐。

突然響起的火車鳴笛聲，讓敏敏顫抖了一下的時候，老邦女郎又慌亂了起來。

睡吧，睡吧，再睡吧，沒有什麼事情。

載滿了凡人和神像的當崩—曼德勒列車，緩緩地開了過去。

藍色的列車轟隆轟隆地大聲響動著，慢慢地開過了馬路邊的大門。

為相關的人……祈禱……歌唱……

火車聲、各種人聲之中，傳來了一聲引人注意的，痛苦憂傷的歌唱聲。

敏敏整個身子都顫抖了起來。迷茫的雙眼，也刷地一下睜了開來。從他乾燥的雙唇裡，發出的聲音是：「班紐」。

妾的情意……妾的情意……請他開懷暢飲……

敏敏從老邦女郎的手上掙扎爬起。

「她……在火車上！」

老邦女郎將發著抖的敏敏緊緊抱起。他說：沒有啦，在胡說些什麼呢。你只是因為生病，所以出現幻覺罷了。睡吧，睡吧。

是幻覺嗎？班紐，那不是你的聲音嗎？

敏敏失望難過地閉上了雙眼。就在那個當下，就在他清楚地聽到歌聲的那個剎那，痛苦的歌聲，就已經和敏敏越走越遠了。

歌裡唱的是：「相關的人啊，是否還記得妾的聲音……」

獨家收錄努努伊四篇極短篇小說——

✧1—惡靈祭品
✧2—綠玫瑰舞蹈表演
✧3—我是小老虎
✧4—請撒點錢吧

1

惡靈祭品

在炙熱的太陽和熱風底下，介地宮土地上的玉米樹和粟米樹，被風吹動得左右起伏擺動著。在玉米樹和粟米樹之間，可以看到四五間高腳茅屋，這邊一間，那邊一間地，形成了一個小聚落。

除了樹木被風吹過的聲音之外，所有的萬物都悄無聲息。

微弱的念咒聲音與偶爾冒出的一兩聲隱隱約約的斑鳩聲一起，覆蓋在日曬風吹的茅屋聚落之上。

「嗡，唵咚尼每旦，啊哇敏咯喇薩，嗡，唵咚尼每旦……佛、法、僧三寶，善良的天人們，守護山川、森林的神靈們，守護介地宮的各位神靈們，請您們全部，全部都來給予保佑。如果我們犯了任何讓您們不滿意的罪過，也懇請您們見諒。」

擠滿整間茅屋的男人和女人們，都在圍觀一位有著黝黑的皮膚，披散著白色頭髮，穿著拉到胸口的紗籠，口中唸著咒語的老太婆。

老太婆的前面，躺著一個用一條骯髒破爛的被子，層層包裹著的三歲小孩。小孩子的頭邊，是一個剛被老太婆舉起又放下的鍋蓋。鍋蓋裡面裝著的，則是粟米參雜著玉米煮成的飯。

「但凡所有附著在這禮拜五生的男孩子身上的一切妖魔邪祟，全部躲開、避走。

嗡，全部躲開、避走到遠處。」

閉著眼睛的老太婆，突然左右搖晃著她瘦小的身體，並「轟」地一聲離地躍起的時候，茅屋裡的觀眾們口中，立刻發出許多受到驚嚇的呼喊聲。一些孩子們立刻從茅屋跑了下去，被抱在懷裡的孩子們則放聲大哭。

「喂，孩子的媽在哪裡？那個婆娘，娧盛，在哪裡？過來！來到前面！」

像老太婆一樣，穿著拉到胸口的紗籠，坐在最前面的那位叫作娧盛的年輕母親，哇一聲哭了起來。然後極為害怕地一邊後退著身子，一邊說著：

「媽，她在叫了！我害怕，媽過去吧，媽到前面去吧。」

「哼！你這是不尊敬我嗎？」

老太婆的怒吼，讓整個茅屋搖動了起來。茅屋上所有將紗籠穿到胸口的婦女們，以及光著上身的男人們，全都合十起了雙手。

「喂，我好好教訓過你，希望你長點記性，結果你沒有！吶，是我讓你老公在樹林裡砍竹子的時候，被竹子刺死的！是我做的！」

合十著雙手的娧盛圓睜起了雙眼，然後全身發抖。

「哼！現在我也可以順便處理你的兒子，讓他小小年紀就死去。」

「不要啊，不要啊，媽，你跟潔基大媽說一下，叫她不要害我的兒子。」

老太婆又「轟」地一聲躍起了身子。

「哎呀，娧盛，起乩的時候，不可以這麼說，這丫頭可真是……」人群中傳出了驚慌的說話聲。

「因為愚昧所以才不懂事的啊，尊神，都怪我不懂事。喂，娧盛，學我這樣說啊。」

「都怪我不懂事啊，尊神，都怪我不懂事，請不要讓我的兒子死掉啊，尊神。」

老太婆點了點頭，她那些白髮也跟著晃動。

「嗯，這樣的話，如果不想讓你兒子死掉的話，你就要供養我。黃昏的時候，要拿七個白米飯團，跟煮牛肉一起，供養給我，你兒子就會馬上變好了，聽到嗎？聽到嗎？」

「喂，娧盛，說話啊，說『一定會供養的！一定會供養的！』」

「媽，我們……」

「唉唷喂，叫你說啊，這個又癡又傻的丫頭，真是讓我想死。」

「一定會供養的！一定會供養的！一定會供養的！尊神。」

老太婆點著頭摔倒在地的力道，讓安置在竹片地板上的孩子放聲哭了起來。抱起燙得像炭火般的兒子，娧盛對母親不滿地咬起了嘴唇。

雖然是個又癡又傻的丫頭，但娧盛並不是對什麼事情都表現得又癡又傻的。在娧盛他們偏僻又貧瘠的介地宮聚落裡，大家都只種植玉米和粟米，也只吃玉米和粟米過生活。

母親又不是不知道，介地宮聚落裡的人們，早已不知道白米飯到底長什麼樣子了啊。

＊＊＊

距離公路比較近的娧盛她們親戚住的村子，雖然從介地宮來回走一趟，需要一整天的路程，但是娧盛並不覺得辛苦。

在這裡，看這裡，娧盛脖子上掛著的紗籠布袋子裡面，有一包飯、一包白米飯，以及一包煮牛肉。

去程的時候，這個袋子裡面裝滿了沿路採摘的蔬菜和竹筍。是母親的主意呢。母親雖然跟娧盛一樣是個寡婦，但是兩人的智力卻大不相同，母親的智力很高呢。

教娧盛去父親的親戚們居住的村子的，也是母親。教她在途中採摘一些蔬菜和竹筍送給親戚們的，也還是母親。這些不值錢的伴手禮，娧盛並不想拿去。是母親硬要她拿去的。母親說無論值不值錢，自己帶點伴手禮總是好的。那邊要給東西的人，也才會產生想要給予的心。

母親說的是對的。父親的親戚們也是挺窮苦的，他們也很喜歡娧盛採摘過去的蔬菜和竹筍。也是因為這些伴手禮，父親的親戚們才願意挨家挨戶地上門去要，要齊了一包白米飯和一包煮牛肉。

娧盛一點都不敢歇息，一拿到自己想要的東西，喝了一杯水，就立即跑回來了。儘管這樣，看這時間，回到村子也應該是黃昏了。巧的是，要祭祀惡靈的祭品也是黃昏才要拿去丟的。潔基大媽說，只要丟了這個祭品，兒子就會立刻變好了。潔基大媽好可怕啊，娧盛現在才知道。娧盛還大著肚子的時候，讓娧盛那進樹林裡砍竹子的老公煤基，被竹尖刺死的人原來是她。煤基又醉又傻的，到底說了什麼話讓潔基大媽生氣呢？煤基也不愧是娧盛的丈夫，一點都不會說話。煤基他們來砍竹子的樹林，就是這邊的樹林啊。

當竹林被風吹得左右搖曳的時候，娧盛的心跳了一下。煤基被竹尖刺死的竹林，會是這片竹林嗎？娧盛的腳踩到乾竹葉的聲音，此時似乎更加響亮了起來。娧盛加快腳步行走時，竹林似乎更加搖曳，乾竹葉的聲音也似乎更加響亮了。天啊，你可別嚇我。你明知道我會害怕的。你最貪吃牛肉了，哎呀，這點牛肉就別搶走了吧。這是為了你兒子啊，你兒子生病了，這是用來替你的兒子祭祀惡靈的。

娧盛的腳步愈來愈快，恐懼的心也愈來愈難以控制。當竹林在一陣強風的吹動下發出「嗶」的聲響時，娧盛跳起來跑走了。一邊緊抓著紗籠布袋，娧盛跑得頭髮都披散了下來。被母親知道的話，不知道會罵成什麼樣子。我害怕啊，媽媽。煤基，算我求你了，你可別跟在我的後面啊。

＊＊＊

介地宮的黃昏，已經快轉向黑夜了。村子外面茂密的樹林，似乎把世界變得更加黑暗。母親新編好的竹簸箕，散發出清新的竹子香氣。簸箕裡面鋪著一片芭蕉葉，上面堆放著七份白飯，白飯上面又堆著些煮牛肉。

娧盛將祭祀惡靈的竹簸箕，放到村子外面的灌木叢旁邊。然後像母親交代的那樣，拿出一個新的竹鍋鏟，「叨叨叨叨」地敲打著竹簸箕，口中一遍又一遍地唸著：「我在此向各位神靈們供養白米飯和煮牛肉啊，各位尊神。我有任何罪，都請抵消掉吧。請保佑我的兒子趕緊好起來吧。」母親說把祭品丟下以後就趕緊回家。孩子也咿咿呀呀地，把手伸向了娧盛。娧盛哪有空抱他呢。只低下頭親了一下被母親抱在懷裡的兒子。他的臉還燙著呢，不過明天就會變好了。

沒有聽從母親的話回家，娧盛在離竹簸箕不遠的一堆乾樹葉上坐了下來。現在才感覺到累呢。走了一整天的路，肚子裡卻只有水而已。

啊，還有親戚們給的兩塊棕櫚糖。

娧盛轉頭看向放著祭品的竹簸箕。祭祀惡靈的白飯和牛肉，依然堆放在原地。

「哎呀，天呀，天呀，我是不是看到灌木叢附近有些移動著的陰影？」

娧盛渾身都泛起了雞皮疙瘩。神靈們來吃祭祀品了。神靈們是真的會吃嗎？娧盛記得母親說過，神靈們只是吃氣味而已。娧盛將頭轉了回來。母親一定在等著她了，她應該回去嗎？哎呀，才不要回去呢。神靈們只吃氣味，不會很久的。「沙」、「沙」的是灌木叢響動的聲音，娧盛嚇得一躍而起。

當她看向竹簸箕的時候……看啊，看啊，比娧盛先得手的人們！娧盛緊緊地握著手上的竹鍋鏟，一溜煙跑了過去。

當娧盛走到洼基、伯隆、丹克、高德等幾個孩子圍著的竹簸箕旁時，立即將那些孩子們很大力地推到一旁去。

「喂，讓開，讓開，你們這些傢伙，你們這些傢伙。」

孩子們完全不理會娧盛，只顧著搶白米飯的時候，娧盛就一邊用竹鍋鏟打著那些孩子，一邊跟他們一起搶飯吃。米飯，米飯。一口白米飯和牛肉，有滋有味地跳進了她只有水的肚子裡。

「給我一點，再給我一點！走！走！你們走！都吃完了，只剩下簸箕了！」

如果讓母親知道的話，一定會拿起竹棍暴打娧盛一頓的。興奮地咀嚼著嘴裡的那一口白飯，娧盛跑回家去。洼基、伯隆他們一群小孩，跟在披散著頭髮，紗籠也穿到胸口的娧盛後面，發出嘿嘿嘿地聲音。母親坐在茅屋的門口。帶著對母親的畏懼，娧盛抱起了母親懷中的兒子。

「哎呀，媽，一丟完祭品，孩子的身體就變涼了啊！」

試探著稍有溫度的兒子的身體，娧盛興奮的聲音才剛結束，一個沙啞的叫聲就隨之響起。

「吼，你這個瘋丫頭、傻丫頭！你兒子死了，知道嗎？你的兒子已經死了，娧盛！」

如同一尊石像般安靜、僵硬了的娧盛，在她的下巴上，還沾著幾粒潔白的飯粒。

二〇〇九年六月

2

綠玫瑰舞蹈表演

狂風呼呼吹動著的一排長葉馬府油樹下，吃力地在砂石路上推著笨重腳踏車前進的小小綠玫瑰，今天卻一點都不覺得辛苦。哎呀，才不是小小綠玫瑰呢，人家今天是綠玫瑰，真正的綠玫瑰。因為母親綠玫瑰沒有一起來，所以做女兒的小小綠玫瑰，就變成綠玫瑰了。綠玫瑰這名字，是個多好聽的名字啊！母親給她取的「小小」這個名字，則是那麼的討人厭。人家稱呼她的「小小綠玫瑰」，就更加不讓人喜歡了。母親對於她的名字，可老小氣了。「媽媽，請把綠玫瑰這個名字給女兒吧？」無論她要了多少次，母親都說「才不要給。」說：「等我死了，你才可以得到這個名字。」還說什麼「為了得到這個名字，你知道我在演藝界努力了多久嗎?你不會明白的，小小。」然後母親還會把她在劇場跳舞時曾經穿過的桃紅色紗籠和衣服拿出來，跟她說：「觀眾最喜歡我綠玫瑰穿著這套玫瑰色的衣服在臺上跳舞了，小小，你要不要看？」一旦她點了頭，那就完了。母親會不知疲倦、無休無止地一直跳舞給她看，看得她無聊到都想要逃出去。小小並不覺得那套桃紅色的舞蹈服裝有自己身上這套桃紅色的印度舞女服來得好看。看吧，這套衣服不但貼身，釘著亮片的桃紅色過膝短褲，也非常便於活動，不像母親的那條長裙。小小上身穿著的繡滿閃亮花朵的桃紅色無袖印度舞衣，是用薄薄的印度紗麗縫製的。穿在身上感覺非常輕便，可以讓她任意彎曲著身子舞蹈，即使出了汗，也很快就能乾掉。比起母親跳的傳統舞蹈，印度舞女的舞蹈還更好跳呢。音樂也不一樣，印度的音樂非常歡快，所以小小很快就學會跳了。當然還是比不上母親啦，母親可是綠玫瑰呢。

以前的話，小小只能坐在腳踏車前面的橫桿上，跟穿著印度舞女服出來跳舞的母親一起出門。後來因為小小常常跟著母親跳舞，母親才縫了一套小舞女服給小小，讓她也跟著一起跳舞。現在小小可是什麼都會了呢。早上母女兩人要出門跳舞之前，小小已經會檢查腳踏車的輪胎是否有氣，如果沒有氣，她也會自己充氣了呢。然後她會把已經放好錄音帶的錄音機，放到腳踏車把手前面的籃子裡，再把電瓶仔細地綑綁在腳踏車的後座，最後還會記得把用粉筆寫著「綠玫瑰舞蹈表演，印度勁歌熱舞，一首五十」的三層板木招牌，掛在錄音機的背後。今天早上母親因為不舒服，不能幫她化妝，她也可以自己化得非常熟練。在兩個眉毛中間的眉心點紅點的時候，不是連母親都要驚訝她竟然點得如此漂亮了嗎。母親雖然不放心讓她自己一個人出門，但母親難道真的不曉得，小小綠玫瑰一直在盼望可以這樣單獨出門的日子嗎？她早就想這樣無拘無束地按照自己的願望，成為真正的綠玫瑰了。看吧，現在只有她一個綠玫瑰了，多高興啊。一邊輕哼著一段印度舞曲的樂聲，小小一邊努力地推著腳踏車，想要儘快地走到烏本大橋附近。到了那邊，才會有許多因為來參加雅德納谷廟會而擠滿餐廳的遊客。

「小印度舞女來了啊。」

「綠玫瑰舞蹈，請過來一下吧。」

觀眾們也太熱情了吧，至少給人家擦一下汗啊。那些小孩子最討厭了，全部圍上來想要摸她，跟她開玩笑。如果是母親，一定會大聲喝斥他們的。

「喂，小丫頭，來一下這桌。」

「好的，來了。」

對於炸物店大姐的呼喚，小小非常殷勤，非常有禮貌地進行回覆。有些店家還不喜歡這樣呢。一旦小小她們走近那些吃著東西的桌子，就會大聲地把她們斥責出去。

「好啦，小舞女跳個舞給我們看看吧。」

桌上一位戴著眼鏡的大叔輕聲地說。他的臉上滿是微笑，看起來應該非常和氣。

「要跳多少錢的呢？」

「什麼？」

話說出口以後，才發現自己犯了錯誤。要是母親在的話，她一定又要被掐了。母親教她的是：「請問要跳幾首舞呢？」

「我的意思是，請問我該跳幾首舞呢？」

「喔，喔，就跳個兩首吧。」

大叔看起來挺和氣的，卻是那麼小氣。還以為要叫她跳個四首之類的呢。兩首的話，才一百塊錢而已。小小從前面的籃子裡拿出兩個電瓶用的夾子，夾到後座的電瓶之上。在還沒有按下錄音機的播放鍵之前，小小走到大叔們的桌前，像印度的女舞者那樣，做了兩個「色蘭」的手勢，整桌的人都開心得拍起了手。當小小按下錄音機的播放鍵以後，就播放出歡快的印度鼓聲。隨著鼓聲的節奏，小小的腳開始快速移動，綁在她腳踝的小鈴鐺，也開始跟著搖動起來了。

鼓聲結束以後，歌曲中便加入了其他歡快的樂器聲。音樂真的非常歡快，非常適合跳舞。想怎麼扭動就怎麼扭動吧。彩色的鐵製手環，也隨著小小的扭動發出「叮叮叮」的聲音。唯一困難的是，小小還不會像母親那樣抖動著肚子跳舞。母親很會跳那種肚皮舞。很久以前，母親也不會跳什麼肚皮舞、印度舞的啦。後來是因為母親沒有工作，所以母女兩人到各個神靈祭典唱歌的時候，被人發現母親就是女舞者綠玫瑰，於是他們就讓母親在祭典裡扮演兩位當崩王子的妹妹——印度公主跳舞。從那時候起，母親才學會跳這些的。扮成印度公主跳舞的話，可以得到許多供奉給神靈的金錢。比起傳統的緬甸舞，人們更喜歡印度舞。母親對此感到非常生氣，說她不想跳印度舞，也不知道是怎麼回事。小小倒是非常喜歡跳這種舞，非常非常喜歡。

「好了，好了，別跳了，別跳了。」

怎麼了？還是那位戴眼鏡的大叔。是因為她跳得不好嗎？

「好了，可以了，小姑娘。別跳了，別跳了。」

「是因為我跳得不好嗎？那個，歌曲只差一點就跳完兩首了。」

「好的，好的。小姑娘你過來一下。你跳得非常好，因為跳得太好了，所以叔叔還要獎勵你呢，好嗎？給……」

大叔給的是張五百元鈔呢。這麼說的話，大叔也不小氣嘛。其他的人也都很和氣呢。不像有的人那樣，會說「五百塊那麼多，不要給啦」，或者是「太多了，給兩百就好了」這類的話。

「我給各位叔叔們很多『色蘭』，謝謝你們大家。」

「可以了，小姑娘，可以了。小姑娘你幾歲了啊？」

「十二歲。」

「你的母親呢？」

「母親跟我一樣也是跳舞的。今天因為不舒服，所以沒有一起來。」

「喔，那你的父親呢？」

「父親已經去世了。」

「那你們住哪裡呢？」

「現在嗎？現在的話，我們住在那邊一個小神祠的棚子裡，是租的。等雅德納谷廟會結束就會回家了。」

「你們要回到哪裡去呢？」

「到密鐵拉縣那邊，那邊的村子裡有我的外婆。」

「你們只在這個雅德納谷廟會跳舞嗎？」

「怎麼會呢，我們到處跳的。還沒來這裡之前，在當崩廟會跳過。我們到處去有廟會的地方跳舞的，大叔。」

「嗯，嗯，是了，是了。」

「那我可以走了嗎？」

「嗯，嗯，走吧，小姑娘，走吧。」

「姑娘你長大了想做什麼呢？」

哎呀，都要走了，還有這麼多問題要問的大叔們。

「我長大了當然還是要像現在這樣跳舞啊。」

提問的大叔圓睜著眼睛看著她。一位大叔則說：「這就是最好的答案了。」搞不懂他們。才剛踢開腳踏車的腳架往前走了一步，就有人在喊：「喂，小小綠玫瑰，來這邊一下。」完了，整個人都感覺疲憊，不想去那一桌了。真的，連跳舞的心情都沒有了。

＊＊＊

當小小將腳踏車停在混雜著神鼓聲和各種人聲的亂糟糟的棚子前時，太陽都已經偏西了。在長長的大棚子裡，在一個屬於小小她們的角落，母親正蓋著被子側身熟睡著。

「媽。」

沒有爬上棚子之前，還要為腳踏車上一下鎖，這邊很多小偷的。

「欸，小姑娘回來了啊。」

不用回頭都知道這是誰的聲音。當然是芮媽咪，一位不能像其他神婆們那樣，擁有自己的神壇彩棚的遊方神婆。跟小小她們一樣，他也在棚子裡租了一個棲身的角落，再到處去幫人求神問卜。芮媽咪已經準備夜出了，脂粉和天星茉莉的味道可真香啊。

「芮媽咪，我餓了，給我一個芭蕉吧。」

小小坐到母親的旁邊。

「媽。」

「欸，你媽從你早上出門就在睡覺了，我中午回來的時候也還在睡。」

芮媽咪手中熟到發黑的芭蕉，嘭一聲掉到小小的懷裡。

「媽，媽……」

「欸，小丫頭，你讓開，我來看一下。綠玫瑰，喂，綠玫瑰！」

芮媽咪搖了搖母親，然後用驚慌失措的聲音說道：「哎呀，整個身子都是冰冷的。小丫頭，你媽恐怕是走了！」

＊＊＊

在狂風呼呼吹動著的一排長葉馬府油樹下，綠玫瑰一個人和她的腳踏車一起。

人們在說「綠玫瑰來了」、「綠玫瑰來一下吧。」

綠玫瑰覺得很動聽，也很喜歡聽這個稱呼。但是，每當人們如此叫喚，綠玫瑰就會因為思念母親而時時落淚啊，母親。

二〇〇二年十月

3

我是小老虎

傍晚的時候，毫無預兆的大雨，嘩啦嘩啦地下了起來。像往常一樣，膽小鬼吉都那「哇」、「哇」的哭聲，也隨之傳了出來。對於已經習慣了這一切的我而言，吉都的哭鬧聲，和雨水從茅屋頂漏到廚房碗櫃上的聲音，都彷彿是鼓聲和歌唱的聲音。

「給我點心！給我點心！」

小丫頭真能叫，叫得我耳朵都要聾了，等她長大了，恐怕也會像媽媽那樣成為歌手的吧。

「不可以大吼大叫啊，吉都。等爸爸回來，哥哥會買點心給你吃的。」

「不要，給我點心……」

在沒有得到點心之前，吉都一定要尖著嗓子大吼大叫了。我能有什麼辦法呢？除了一邊為她擦乾淚水和鼻涕，一邊承受著她的掙扎和打鬧以外，我能有什麼辦法呢。

「喂，是誰在這樣大聲哭鬧？喂，吉都、苗都兩兄妹，發生了什麼事情，嗯？」

喔，人還未到，聲音就已經先到的瑞宮奶奶——媽媽的老閨蜜——瑞宮人妙丹吉，也難怪她會成為歌手。一聽到她那高音量的聲音，吉都的哭聲就好像按到開關一樣，馬上停止並安靜了下去。真好。我既覺得開心，又覺得她有點可憐。

「怎麼樣，一有空就耍賴皮哭鼻子，是想怎樣？哼！那個小子，苗都，你們的爸爸去哪裡了？已經吃過飯了嗎？飯還有得煮嗎？」
瑞宮奶奶的超大音量，立刻占據了我們的小屋子。她要開始不停地說她想說的了。
「真是的，連佛臺上供著的花，都已經乾成這樣了。要是你媽看到的話，哼！你媽妙杜莎恐怕都會想死兩回了，你爸那個醉鬼呢？小子？」
「爸爸跟鼓樂隊出去了，瑞宮奶奶。他們會在鳥冬過夜，說是今天會回來的。」
「喔，還知道去工作的嘛。錢呢，有留下來嗎？小子？」
「有留下來的。但我們不吃飯，買了魚湯麵來吃。」
「有得吃這丫頭還在鬧什麼？隔了七八家都聽得到她的聲音。」
「瑞宮奶奶也真是的，小孩子當然會想吃點心了。」
「哎呀，碰到她你就痛了，好像你才是她父親似的。喏，五十塊零用錢，等等去買給她吃。嗯，雖說是買點心給她吃，別以為我喜歡這個小丫頭。」
瑞宮奶奶的脾氣我是知道的，但是才三歲的小姑娘吉都又會知道什麼呢。對這個才三歲的小姑娘，（因為太愛母親，覺得母親一把年紀了還要生她所以才會去世的）瑞宮奶奶總是不停地找她碴，不停地找她的麻煩，不停地對她碎碎念。

「你媽又不聽人勸。我常常跟她說，杜莎啊，你可千萬不要再跟你那個醉鬼丈夫生孩子了，不能再要小孩了。每次都說知道了，放心吧。還說，阿姨也真是的，苗都都十幾歲了，我不會再懷孕了，肯定不會了。我真不想說她的。喂，苗都，你現在幾歲來著？」

「爸爸說十五歲了。」

「哼，是嗎？那個醉鬼總是胡說八道的。」

「是真的，瑞宮奶奶。媽媽去世的時候，我十二歲，媽媽去世都已經三年了啊。」

瑞宮奶奶說了一聲「嗯」，然後就呆愣愣的。我卻很想抱著吉都趕緊跑到小商店去了。

「瑞宮奶奶給零用錢，是因為有神靈祭典嗎？是嗎？」

「嗯，是啊，是明天。還好那個小女歌手的嗓子啞了，所以才來叫我。」

「我們要去小商店了。」

「嗯，嗯，喂，喂，等一下，聽說你在那邊蓋房子的地方打工喔？」

「是啊，那個工作已經結束了，瑞宮奶奶，我只會扛水泥啊。」

「嗯，那剛好了，我要給你一個工作。」

「什麼工作？」

「明天跟我去祭典，那邊需要一個扮老虎的人。」

「老虎，是嗎？哎呀，我可不會扮。」

「哎呀，有什麼不會的，你小時候沒有見過祭典裡面假扮成老虎坐騎的人嗎？」

「見是當然見過啦。」

「是啊，只要頭上綁著一條頭巾，四肢點地跟在神婆的後面就可以了，然後用頭去撞周圍坐著的人，跟他們要錢。」

「哎呀，太丟人了，我不想做。」

「唉唷，可以賺錢的工作，有什麼不想做的。人才有一丁點大，還怕丟人呢。現在這個祭典是有錢人家的祭典，是專門的祭典，是會賺到錢的，懂嗎？」

「會給我多少錢？」

「會給一千，而且還會給你撞頭費什麼的呢。」

「那我要跟，豁出去了。」

「欸，小丫頭你要留下給你爸爸喔，不要帶著來！」

最後瑞宮奶奶跟我達成了協議。瑞宮奶奶說要明天一早去。我想要賺錢，但是，我還是挺害怕的。

＊＊＊

飛翔啊……比翼鳥……想要飛翔啊……，灰暗的……灰暗的……雲卷……讓人憂傷……

神鼓聲讓我的心臟怦怦跳動的同時，也讓我有些想哭泣。因為我想起母親了啊。我想念把黃香楝木粉擦得滿臉潔白，然後塗著鮮紅色口紅的母親，和她尖銳的歌唱聲。她常常縮著身子坐在圍鼓旁邊，揚著青筋暴起的脖子高聲唱歌。媽媽啊，我從來沒有看過這麼雄偉、這麼漂亮的豪宅，他們的客廳有一個神壇彩棚那麼大呢，母親。不搭彩棚的話，在他們家樓下舉行祭典都可以。扮演老虎已經夠我害怕了，還要因為那群神婆裡面的一些偽娘，「小老虎、小老虎」地叫著來抱我親我而四處躲避，真是心煩得想要跑出去了。

「喂，苗都，來一下。」

這種時候瑞宮奶奶又慌慌張張地跑來，二話不說就把我拉到院子的一個角落。

「小子，你會跳猴子舞嗎？」

「哎呀，不會跳啦。」

瑞宮奶奶看著我，笑得合不攏嘴。

「取的名字是猴子的名字[1]，卻不會跳猴子舞。看這邊，我示範給你。」

哎呀，慘了，這老太婆竟然把下嘴唇向外翻開，抓著頭皮，矮起身子跳起了猴子舞。

「看到嗎？很容易的。你不會跳嗎？」

「哎呀，都說不會跳了。瑞宮奶奶，你要是硬叫我跳，我可就要跑回去了。」

「好吧，好吧。不要跑回去啦，我的小恩人。當猴子比當老虎好的，你不明白啦。」

算了吧，也不知道在說什麼。這邊的心臟，本來就已不可控制地怦怦亂跳了。

「喂，老虎，老虎，在哪裡？」

---

1 「苗都」的「苗」，即緬語猴子之意。

「小老虎啊，小老虎！」

哎呀，他們在喊了，在喊著了。我不知道自己是怎麼跑進豪宅的後院去的，也不知道自己如何在神鼓聲中和一位偽娘神婆一起走到了人前。我在地毯上以四肢點地的姿勢這邊、那邊地亂跑著，當神婆想要坐在老虎坐騎上說話時，我就保持安靜。一些婦人們抱著我的頭祈了許多福，我最喜歡的是被他們用香水噴，我的整個頭都香噴噴的。有一句沒一句地聽著瑞宮奶奶的聲音，我不知道自己的戲份是什麼時候結束，然後我又是怎麼回到了後台的。我的整個身子都在顫抖著，而且大汗淋漓。我一把扯下頭上的頭巾，哎呀，鈔票，從頭巾裡掉落了許多鈔票。

「欸，那小子的頭巾裡如果沒有大鈔，就全給他吧。」

隨著神婆老大的交代聲，他的一個偽娘徒弟很迅速地朝鈔票看了一眼，說道：「沒有大鈔，你就拿著吧，拿著吧。」我趕緊將兩百元鈔和幾張摺著的百元鈔慌忙收拾起來。挺多的，挺多的。顫抖著身體的我，正準備數數看的時候，「啊，猴子！猴子！」後臺的人們躁動了起來，然後都跑往前面去。發生了什麼事？哎呀，像女演員那樣盤著髮髻，戴著花，化著妝的三個偽娘，像瑞宮奶奶示範的那樣，正矮著身子跳著猴子舞呢。人們都拍起了手。這時候突然從沙發上站起來的，是個年紀跟吉都差不多的小孩子。她很興奮地拍著手哈哈大笑，跳動得連身上漂亮的洋裝都翩翩飛舞。然後她從身邊放錢的缽裡抓出一把錢，將一些五百元鈔和兩百元鈔丟給幾位正在跳猴子舞的演員，一張又一張、一張又一張地。喔，原來她是這個屋主唯一的孫女。瑞宮奶奶啊，我明白了，我明白你為什麼想要叫我跳猴子舞了。

有人輕輕地戳了一下呆望著一切的我。大概是要回去了吧，一位穿戴著許多珠寶首飾的阿姨，將下巴指向她之前坐過的位置。她坐過的座位旁邊，有一大堆起乩時神靈施捨的許多食物。她說：「都拿去吧。」

給我了呢！我立即跑過去將所有東西都收進我的紗籠裡。餅乾、糖果、水煮鴨蛋、蘋果、梨，還有，還有威化餅，長長的威化餅，外國進口的長長的威化餅！無論吉都怎麼哭鬧著懇求，我都時常避開的東西——從來沒有吃過這種東西的我的妹妹。在父親晚回家的日子裡，我們兩兄妹只能將水當點心喝了之後就入睡。以後我要常跟瑞宮奶奶去參加神靈祭祀！我要當老虎，要當猴子，要我當什麼我就會當什麼。我什麼都會當的，我再也不會覺得丟人了。

二〇〇六年一月

4

請撒點錢吧

上緬甸地區哇索哇高月颳起的狂風，仍舊在公路上呼呼呼呼地持續颳著。風聲裡，夾雜著前往當崩地區的各色汽車所發出的引擎聲，以及乘客們發出的各種聲音。

「請撒點錢吧。」

「請撒點錢吧。」

將雙手圍在嘴唇邊的伯求，大聲地叫喊著。伯求一叫，葉昂的聲音也跟著響起。

隨著葉昂低沉的叫聲，道路兩旁的伯求他們一群人齊聲高喊的聲音，也同時跟著響應。

「請撒點錢吧。」

「請擦點賢吧。」這是常常跟在別人後頭出現的，喬蘇那口齒不清的聲音。

「那位大媽，請撒點錢吧。」這是喊法與眾不同的，大耳覺敏的聲音。

「撒了！撒了！」

幾張面額十元的鈔票，從一輛公車上，飛落到道路的旁邊。被正在等候的伯求他們一群孩子，一窩蜂圍上去爭奪的十元舊鈔們，變得既骯髒又摺痕滿滿。

跟大耳覺敏一起較勁爭奪的葉昂，身上沾滿了灰塵。因為紙鈔掉到了荊棘附近，所以葉昂的手背上多了兩道劃痕。沒差啦。不只是葉昂這樣，道路兩旁的所有孩子們，全身都沾滿了髒兮兮的灰塵，一個個都有了一些劃痕。

「請撒點錢吧……請撒點錢吧……請撒點錢吧……」

不像別人那樣逐句喊叫，而喜歡不換氣地連續高呼的若圖那小子，廟會才開始三天呢，嗓子就已經啞了。真不知道是什麼人，一直喊個不停。

「喬蘇，你有拿到嗎？」

喬蘇搖搖頭。這丫頭就是這樣，每次都不敢跟大家一起去爭奪，膽小鬼！說是因為怕汽車，所以不敢走到馬路上去。只有紙鈔落到她站著的路邊，她才敢去撿，怎麼可能得到錢？錢掉下來的時候，要能夠跟著去搶、去爭、去推、去擠，才會有自己的份。這丫頭今天也要被她媽媽打了吧，挺可憐的。廟會開始的那天，她剛開始跟伯求他們一起來的時候，因為一輛大車經過，她就害怕得躲到路邊的坑裡，把整個身子都伏了下去，也是挺搞笑的。

「請擦點賢吧。」

就這樣，喬蘇就這樣一句一句地喊著，然後還要不停地咳嗽。因為一直咳嗽，她的眼睛裡面都布滿了紅色的血絲。

「請撒點錢吧。」

一看到遠處駛來一輛漂亮的高級轎車，伯求他們一群人興奮的聲音就高聲響起。只有這種車上，才會落下一些一百元、兩百元的鈔票。

喏，喏，沒說錯吧。漆黑的車窗鏡子落下之後，出現了一個跟喬蘇她們差不多年紀的白皙圓潤的小臉。

「哇，是些百元鈔呢！」

伯求、葉昂、大耳覺敏和若圖幾個人，在車子旁邊打成一團。撒下錢來的小女孩，瞇起眼睛笑得很開心的同時，也被車子載到了遠處。

「喂！你們這些小子！」

拚命爭奪著一張百元鈔的伯求和覺敏的耳朵，一聽到非常大聲的汽車煞車聲，就立即滾落到道路的旁邊去。

「會死的，會死的，你們這麼不長記性，只看得到錢！開過來你們也要看一下啊。」

對於汽車司機憤怒的數落聲，和乘客們七嘴八舌的說話聲，伯求他們照例假裝自己沒有聽見。這種事情已經司空見慣了啦。

「從車上撒錢這習俗本身就不好。真有心給的話，停下車來給啊。」

「還不是曼德勒城裡面那些有錢沒地方放的人，就是他們開始的這個撒錢的習俗，哼！」

別啊，別這麼說。他們可是我們的恩人呢。伯求在心裡面跟車上那些生氣的乘客們說著。只有他們才撒得起百元鈔啊，大叔。大叔你們卻是連撒個四、五張五元鈔都勉強得很呢，懂嗎？

「喂，小子，因為你搶得太用力，鈔票都撕爛了。」覺敏看著快被撕成兩半的百元鈔，感到萬分痛惜。

「都已經到我的手裡了，你幹嘛還要來搶？」

手腳靈敏的伯求伸手去扭覺敏的一隻耳朵時，覺敏一邊說著：「喂，你小子……」，一邊掙脫了身。廢物大耳，只會出鬼點子，一丁點膽量都沒有。

「你們……你們這些人，差點就死了，還好車子……車子煞車了，你們差點就像昂敏……昂敏那樣了。」

葉昂用他那低沉的聲音，結結巴巴地插進來說話時，伯求和覺敏都變了臉色。他們都想起了去年廟會一個熱鬧的日子裡，昂敏那一張在爭搶錢的時候被汽車輾壓過的臉龐。

「有什麼相干，昂敏是因為後面駛過來的車車速太快所以才死的。慢慢開的話，就不會有事，可以煞煞車的。」

「聽說昂……昂敏，已經變成神……神靈了。」

「哦？是嗎？」

在敬畏神靈的環境當中長大的伯求他們，安靜了一下子。也只是一下子啦。當一輛車上撒下來的錢到處飛舞的時候，他們又像盡義務似的，齊聲高喊著「請撒點錢吧。」然後一窩蜂去追逐金錢。

「肚子餓了，一起去吃飯吧。喂，喬蘇，來。」

喬蘇一邊「咳、咳」地咳著嗽，一邊跟在伯求的後面，跑到路邊的大坑裡面去。葉昂也隨他們跑了過去。覺敏跟若圖則已經跑向路前方他們家的茅屋那邊。這幾個小子來自公路另一邊地勢低窪的幾個村莊。這種時節，他們常因為家被大水淹沒，所以要來路邊暫住。在因為大水沒有了工作，沒有了收入的時候，還好碰到了別人撒錢。

伯求的母親一邊奶著孩子，一邊在金合歡樹下等著伯求。伯求他們的村子離公路不太遠。葉昂和喬蘇他們的村子，則比伯求他們的更遠。葉昂的母親和喬蘇的母親，也各自帶著便當，等候在其他的金合歡樹下。來自其他村子的母親們，也在大坑裡的樹蔭下等候著他們的孩子。這個時節，鄉村的各個小學裡，已經沒有任何學生。

「媽，什麼菜啊？」

「蝦球煮生酸角。」

伯求迫不及待地打開便當盒時，母親彎曲的手指「叨」地一聲敲在伯求的腦殼。

「這小子就這個樣子。明明有得吃，還這麼急。給我看看，已經拿到多少錢了？」

伯求垮下了臉，才從破舊的衣服口袋裡面，掏出捲成了球的五元鈔和十元鈔，以及褲子口袋裡面，同樣捲成球的百元鈔票。

「哎呀，還有百元鈔喔？」

攤平著紙鈔的母親的臉上，泛起了微笑。當然要微笑啦。這些鈔票球，能夠幫伯求他們生出米飯啊。伯求一年到頭都想撿這些鈔票球，伯求害怕沒有飯吃。

「哎呀，誰要跟你搶著吃啊，小子你吃慢點。」

躲避著母親的手指，伯求吞下食道中的那一口飯食。

「媽，聽說昂敏變成神靈了啊，是真的嗎？」

「唉唷，胡說八道。是他媽那個神婆，想要試試看能不能在當崩多加一位神靈，所以才亂發明的。如果讓大王子、小王子他們聽到的話，恐怕會生氣呢。」

伯求高興了起來。伯求很害怕昂敏變成神靈以後，來懲罰自己。伯求他們村子裡，有許多因為被神靈懲罰而生病，以致歪了嘴，或不能再走路的人。

「媽，還給我五十塊，我想買點心吃。」

「哎呀，你會不會太過分了？剛剛吃了一大盆飯，真是夠嘴饞的，喏，拿去，拿去……」

快速撿起被母親丟下地的皺皺的五十元鈔，伯求很開心地跑回了公路。伯求最喜歡趁嘴巴還在辣著的時候，吸食甜冰棒的滋味。

「請撒點錢吧。」

大耳覺敏和若圖他們已經在開工了。先等一下吧，先品嚐一下冰棒的滋味。

「哇！兩百元鈔啊，哇！」

正在用舌頭舔舐流淌到下巴的冰棒汁的伯求愣了一下。哎呀，車隊好長呀，這樣不行。

「喂，小丫頭，給！」

伯求將剩下的一小截冰棒，硬塞給從剛才嘴巴就一動一動地望著他的喬蘇，然後快速擠進了覺敏他們那一群人裡。雖然他擠到大耳和若圖的中間，很用力地推開了兩人，但那兩人卻已經撿好了兩張五十元鈔。

「哈哈，伯求，好可憐你喔，好可憐。」

氣憤的伯求嘴巴裡，不停地冒出一個不適合小孩子的大人用來罵人的詞彙。大耳覺敏雖然準備要罵回去，但是因為從車隊那邊飛落下來的紙鈔們，他閉起嘴巴跑了起來。他跟伯求一起很激烈地爭奪一張百元鈔票。伯求那傢伙，他一得手就滿臉都是笑容，狗娘養的叫花子。大耳覺敏臭著一張臉。

車隊又逐漸變少了。車少的話，有些車子會很快地開過去，連一張紙鈔都捨不得丟。正說著呢，一輛車子在快速駛過的時候，一張紙鈔被風速帶了過來，在任何人都來不及搶的當下，啪地一聲掉落到正在貪婪地吸食伯求那一截冰棒的喬蘇腳邊。

「哇！五百元鈔！」

隨著伯求他們全部人的驚呼聲，喬蘇刷地一下，快速地撿起了錢。然後也不知是不是因為太高興，她開始不停地咳起嗽來。看著這個小丫頭，伯求他們一群人笑個不行。

「我……我……從……從來……都沒有得過……五……五百元鈔。」

「是啊。」

若圖附和著葉昂的話，然後又朝著後面的汽車高喊「請撒點錢吧。請撒點錢吧。」像若圖那樣，伯求的心裡也在說「我也好想要！」

「唉，車子來了，請撒點錢吧。」

「哇！都是些豪車呢。有紙鈔掉下來了，五十元的，一百元的。哇！那邊，是五百元的呢！」伯求像風那樣，快速地跑了過去。

「喂小子！喂！」

「伯求！喂！」

叫嚷聲和車子巨大的煞車聲，伯求還是聽得到的。但在還沒走到五百元鈔之前，伯求整個身子就已經飛到了空中。媽呀，救命啊，我看到昂敏了！喂，昂敏，你這小子不要來嚇我！你……你……也沒辦法帶走我的。去……去……我什麼事都沒有。看，我叫給你聽。請撒點錢吧……請撒點錢吧……請……撒……點……錢……吧……。

二〇〇六年十一月

譯後記

說起緬甸的宗教，很多人可能會立刻聯想到全緬各地巍峨聳立的金黃色佛塔，以及穿著朱紅色袈裟的僧侶們。卻很少有人會留意到，除了傳播自印度的佛教之外，緬甸本土的神靈信仰，至今仍然被許多緬甸人——特別是緬族人所尊崇信奉。

宗教信仰是緬甸人生活的一大重心。來到緬甸旅遊的外國遊客如果夠細心，就可以發現緬甸各地的佛塔四周，都會有一些小神祠，裡頭供奉著守護當地的神靈。不同地方的神祠，所供奉的神靈也多有差異。相較於那些金光燦燦的宏偉佛塔，這些位於佛塔周圍的小神祠並不算起眼，但它們依然是緬甸宗教信仰中的一部分。就好像那些圍繞著神靈信仰謀生的偽娘神婆們，他們或許是緬甸人民中的少數，但他們依然是緬甸的子民。

了解緬甸的神靈信仰，以及在此信仰中扮演神、人之間媒介角色的神婆們，對於了解緬甸的宗教與文化，必然會有很大的助益。緬甸作家努努依．茵瓦創作的《神婆的歡喜生活》初版於一九九四年，雖然距今已有二十七年之久，但書中所描繪的廟會景象，以及偽娘神婆們的生活形態，至今沒有太大改變。其中改變最大的，惟瘋狂上漲的物價而已。

自上世紀六〇年代以來，緬甸因為軍政府實行的鎖國政策影響到經濟貿易的發展，通貨膨脹與物價上漲就一直成為難以改善的民生困境。在此情況下，軍政府分別在一九八五年和一九八七年無預警宣布廢除紙鈔，更是讓老百姓的困苦生活雪上加霜，忍無可忍的民眾最終於一九八八年走上街頭進行抗議。這就是世界知名的八八八八民主革命運動。令人遺憾的是，這場被稱為一九四八年緬甸獨立以來最大規模的民主運動，半年之後便在軍政府的血腥鎮壓下宣告結束。運動結束之後，緬甸的經濟增長持續滑落，老百姓的生活日益艱困，人民典妻鬻子，苟求生活的情況時有發生。

節節衰退的社會經濟，是貫穿這本小說所有篇章的關鍵背景。在〈神婆的歡喜生活〉中，主人翁黛西珍遇見其小丈夫敏敏的年份，正好是因廢行紙幣而導致民生愈加困苦的一九八七年。那一年黛西珍用來買下敏敏的五百緬幣，到了二〇〇六年時，只夠在祭神儀式中發放給扮演老虎的臨時工半日工資（見〈我是小老虎〉章節），但就為了爭搶這五百緬幣，家境貧困的少年伯求卻獻出了他的生命（於〈請撒點錢吧〉章節）。二〇一八年，緬甸政府規定每日八小時的基本工資為四千八百元緬幣，以二〇二一年的匯率來換算，約相當於台幣一百元。

對緬甸人民的日常生活觀察入微的本書作家努努依茵瓦，以擅於描寫緬甸底層人民生活，揭發社會不公不義而馳名於緬甸文壇。她的作品因為過於寫實，在軍政府主政時期曾經多次遭禁。但是憑藉著自己扎實的文學功力，她的長篇小說《甘瑪育區的翠藍路》（*Mya Sein Pyar Kamayut*）還是在一九九三年獲得了緬甸國家文學獎（Myanmar National Literature Award）的肯定。她在一九九四年出版的《神婆的歡喜生活》（*Pyone Yue Le kandaw khandaw Mupar Ye Yue Le Kandaw Khandaw Mupar*），於二〇〇七年被翻譯成英文 *Smile as they bow* 競逐首屆曼氏亞洲文學獎（Man Asian Literary Prize），可惜僅入圍前五名，與大獎失之交臂。二〇〇八年 *Smile as they bow* 於美國出版，該譯本在二〇一四年被選為英國倫敦大學亞非學院的教材之一。

具有強大的包容性，是緬甸神靈信仰的特色之一。在緬族人民所信奉的神靈裡，有不少神靈生前是外國或外族人，有的神靈生前還是信仰伊斯蘭教的穆斯林。緬族人對這些非我族類的神靈，就像對待其他的緬族神靈們那樣崇敬。為了凸顯自己對該神靈的敬意，有些信徒甚至會跟著遵守這些神靈們原本的信仰和文化。〈神婆的歡喜生活〉中信奉兩位王子的信徒姍姍欽不吃豬肉，就因為兩位王子生前是穆斯林之故。神靈信仰的強大包容性，為那些因性取向與世人有所差異，廣受世人鄙視、排擠的 LGBT 社群，提供了一個保護傘，給了他們一個可以自由做自己的機會。是以自上個世紀以來，有許多偽娘投入到神婆的行業當中。

想要追求自由的生活，是全世界人類的通性。在施行軍事獨裁統治的現代緬甸，崇拜男性陽剛特質的社會現象，令這些屬於性少數的 LGBT 群體一直處在被打壓、被貶低的社會地位。生長在這樣的社會環境中，深知自由生活之可貴的 LGBT 社群，積極參與了緬甸歷年來的許多政治反抗活動，從一九八八年的八八八八民主運動，到二〇二一年的春季革命，都可以看到他們走上街頭參加抗議的身影。二〇二一年三月三日因為走上街頭抗議，被軍警開槍射擊頭部而去世的緬籍華裔女英雄，年僅十九歲的少女鄧家希，便是 LGBT 群體中的一員。自她離世到下葬的整個過程中，她的 Tomboy 戀人都一直陪伴在她的身邊，兩人的情感之深，令旁觀者無不為之動容。

相較於二〇二一年被國內外廣泛報導的 LGBT 社群抗議事蹟，一九八八年 LGBT

社群走上街頭參與抗議的歷史，則只是在民間口頭流傳，並沒有留下足夠的影像證據。這其中的差異，一方面源於科技，一方面則源於社會風氣。自從二〇一〇年緬甸的政治制度得到改變之後，緬甸的經濟和社會風氣都產生了巨大的變化，LGBT社群在緬甸日益得到尊重，除了傳統的神婆行業外，他們也開始進入到各行各業，可以自由並且自信地做最真實的自己。然而這樣的自由生活在軍政府的再次獨裁統治下又會如何發展呢？緬甸的政治情況是否又要倒退到數十年前的封閉狀態，連帶地影響到整個國家的經濟，使之跟著節節衰退呢？緬甸的LGBT社群擔心著這些問題，緬甸的民眾們也同樣擔心著這些問題。但願天佑緬甸，天佑緬甸的所有百姓，讓我們不必再回到從前那受盡束縛，沒有自由，也沒有人權可言的生活。

麗姝

二〇二一年三月七日半夜記於緬甸仰光

時仰光各區槍砲聲不絕於耳，宛若戰區。

藍小說 315

神婆的歡喜生活

ပြုံး၍လည်းကန်တော့ခံတော်မူပါ ရယ်၍လည်းကန်တော့ခံတော်မူပါ

作者	努努伊・茵瓦（Nu Nu Yi Innwa）
譯者	罕麗姝
主編	王育涵
責任編輯	鄭莛
封面設計	吳郁嫻
內頁設計	黃馨儀
總編輯	胡金倫
董事長	趙政岷
出版者	時報文化出版企業股份有限公司 108019 台北市和平西路三段240號7樓 發行專線｜02-2306-6842 讀者服務專線｜0800-231-705｜02-2304-7103 讀者服務傳真｜02-2302-7844 郵撥｜1934-4724 時報文化出版公司 信箱｜10899臺北華江橋郵局第99信箱
時報悅讀網	www.readingtimes.com.tw
人文科學線臉書	http://www.facebook.com/jinbunkagaku
法律顧問	理律法律事務所｜陳長文律師、李念祖律師
印刷	紘億印刷有限公司
初版一刷	2021年9月3日
定價	新台幣350元

時報文化出版公司成立於一九七五年，並於一九九九年股票上櫃公開發行，於二〇〇八年脫離中時集團非屬旺中，以「尊重智慧與創意的文化事業」為信念。

＊本書由科技部「南向華語與文化傳譯」計畫贊助出版

ISBN　978-957-13-9345-2｜｜Printrd in Taiwan

神婆的歡喜生活/努努伊・茵瓦著；罕麗姝譯. -- 初版.-- 臺北市：時報文化出版企業股份有限公司, 2021.09｜
272面；14.8×21公分. --（藍小說；315）｜譯自：ပြုံး၍လည်းကန်တော့ခံတော်မူပါ ရယ်၍လည်းကန်တော့ခံတော်မူပါ｜
ISBN 978-957-13-9345-2（平裝）
868.157｜110013360

願快樂、健康、富足。

努努伊·茵瓦

စိတ်ချမ်းသာ ကိုယ်ကျန်းမာပါစေ . . .